那階前不卷的重簾，掩護著銷魂的歡戀

愛眉小札

徐志摩 著

目錄

序

志摩日記

▲八月九日起日記／009
▲八月十日／012
▲八月十一日／013
▲八月十二日／017
▲八月十四日／018
▲八月十六日／025

▲八月十八日／027
▲八月十九日／033
▲八月二十日／036
▲八月二十一日／037
▲八月二十二日／039
▲八月二十三日／043
▲八月二十四日／045
▲八月二十五日／049
▲八月二十七日／050
▲八月二十八日／053
▲八月二十九日／055
▲八月三十一日／055
▲九月五日上海／056

九月八日／058
九月九日／061
九月十日／064
九月十一日／065
九月十三日／067
九月十六日／070
九月十七日／073

志摩書信

一／080
二／085
三／088

▲四／095
▲五／099
▲六／102
▲七／105
▲八／111
▲九／114
▲十／119
▲十一／123

小曼日記

▲三月十一日／129
▲三月十四日／135

▲三月十七日／136
▲三月十九日／139
▲三月二十二日／141
▲三月二十八日／145
▲三月二十九日／148
▲四月十二日／149
▲四月十五日／156
▲四月十八日／158
▲四月廿日／160
▲四月二十四日／161
▲五月十一日／162
▲六月十四日／168
▲六月十九日／171

▲六月廿一日／172
▲六月二十六日／176
▲六月二十八日／177
▲七月十六日／179
▲七月十七日／183

序

今天是四十歲的紀念日子，雖然甚麼朋友親戚都不見一個，但是我們兩個人合寫的日記卻已送了最後的校樣來了。為了紀念這部日記的出版，我想趁今天寫一篇序文；因為把我們兩個人嘔血寫成的日記在這個日子出版，也許是比一切世俗的儀式要有價值有意義得多。

提起這二部日記，就不由得想起當時摩對我說的幾句話；他叫我「不要輕看了這兩本小小的書，其中那一字那一句不是從我們熱血裡流出來的。將來我們年紀老了，可以把它放在一起發表，你不要怕羞，這種愛的吐露是人生不易輕得的！」為了尊重他生前的意見，終於在他去世後五年的今天，大膽的將它印在白紙上了，要不是他生前說過這種話，為了要消滅我自己的痛苦，我也許會永遠不讓它出版的。其實關於這本日記也有些天意在裡邊。說也奇怪，這兩本日記本來是隨時隨刻他都帶在身旁的，每次出門，都是先把它們放在小提包裡帶了走，唯有這一次他匆促間把它忘掉了。看起來不該消滅的東西是永遠不會消滅的，冥冥中也自有人在支配著。

關於我和他認識的經過，我覺得有在這裡簡單述說的必要，因為一則可以幫助讀者在這二部日記和十數封通信之中，獲得一些故事上的連貫性；二則也可以解除外界對我們倆結合之前和結合之後的種種誤會。

在我們初次見面的時候（說來也十年多了），我是早已奉了父母之命媒妁之言同別人結婚了，雖然當時也痴長了十幾歲的年齡，可是性靈的迷糊竟和稚童一般。婚後一年多才稍懂人事，明白兩性的結合不是可以隨便聽憑別人安排的，在性情與思想上不能相謀而勉強結合是人世間最痛苦的一件事。當時因為家庭間不能得著安慰，我就改變了常態，埋沒了自己的意志，葬身在熱鬧生活中去忘記我內心的痛苦。又因為我嬌慢的天性不允許我吐露真情，於是直著脖子在人面前唱戲似的唱著，絕對不肯讓一個人知道我是一個失意者，是一個不快樂的人。這樣的生活一直到無意間認識了志摩，叫他那雙放射神輝的眼睛照澈了我內心的肺腑，認明了我的隱痛，更用真摯的感情勸我不要再在騙人欺己中偷活，不要自己毀滅前程，他那種傾心相向的真情，才使我的生活轉換了方向，而同時也就跌入了戀愛了。於是煩惱與痛苦，也跟著一起來。

為了家庭和社會都不諒解我和志摩的愛，經過幾度的商酌，便決定讓摩離開我到歐洲去作一個短時間的旅行；希望在這分離的期間，能從此忘卻我——把這一段因緣暫時的告一個段落。這一種辦法，當然是不得已的；所以我們雖然大家分別時講好不通音信，終於我們都沒有實行，（他到歐洲去後寄來的信，一部分收在這部書裡。）他臨去時又要求我寫一本當信寫的日記，讓他回國後看看我生活和思想的經過情形，我送了他上車後回到家裡，我就遵命的開始寫作了。這幾個月裡的離情是痛在心頭，恨在腦底的。究竟血肉之體敵不過日夜的摧殘，所以不久我就病倒了。在我的日記的最後幾天裡，我是自認失敗了，預備跟著命運去飄流，隨著別人去支配；可是一到他回來，他偉大的人格又把我逃避的計畫全部打破。

於是我們發現「幸福還不是不可能的」。可是那時的環境，還不容許我們隨便的談話，所以摩就開始寫他的「愛眉小札」，每天寫好了就當信般的拿給我看，但是沒有幾天，為了母親的關係，我又不得不到南方來了。在上海的幾天我也碰到過摩幾次，可惜連一次暢談的機會都沒有。這時期摩的苦悶是在意料之中的，讀者看到愛眉小札的末幾頁，也要和他同感吧？

我在上海住了不久，我的計畫居然在一個很好的機會中完全實現了，我離了婚就到北京來尋摩，但是一時竟找不到他。直到有一天在晨報副刊上看到他發表的「迎上前去」的文章，我才知道他做事的地方；而這篇文章中的憂鬱悲憤，更使我看了急不及待地去找他，要告訴他我恢復自由的好消息。那時他才明白了我，我也明白了他，我們不禁相視而笑了。

以後日子中我們的快樂就別提了；我們從此走入了天國，踏進了樂園。一年後在北京結婚，一同回到家鄉，度了幾個月神仙般的生活。過了不久因為兵災搬到上海來，在上海受了幾月的煎熬我就染上一身病；後來的幾年中就無日不同藥爐作伴；連摩也得不著半點的安慰，至今想來我是最對他不起的。好容易經過各種的醫治，我才有了復原的希望，正預備全家再搬回北平從新造起一座樂園時，他就不幸出了意外的遭劫，乘著清風飛到雲霧裡去了。這一下完了他——也完了我。

寫到這兒，我不覺要向上天質問為甚麼我這一生是應該受這樣的處罰的？是我犯了罪麼？何以老天只薄我一個人呢？我們既然在那樣困苦中爭鬥了出來，又為甚麼半途裡轉入了這樣悲慘的結果呢？生離死別，幸喜我都嘗著了。在日記中我嘗過了生離的況味，那時我就疑惑死別不知更苦不？好！現在算是完備了。甜，酸，苦，辣，我都嘗全了，也可算不枉這一世了。到如今我還有甚麼可留戀的呢？不死還等甚麼？這話是我現在常在我心頭轉的；不過有時我偏不信，我不信一死就能解除一切，我倒要等著再看老天還有甚麼更慘的事來加罰在我的身上？

完了，完了，一切都完了，現在還說甚麼？還想甚麼？要是事情轉了方面，我變他，他變了我，那時也許讀者能多讀得些好的文章，多看到幾首美麗的詩，我相信他的筆一定能寫得比他心裡所受的更沉痛些。只可惜現在偏留下了我，雖然手裡一樣拿著一支筆，它卻再也寫不出我迴腸裡是怎樣的慘痛，心坎裡是怎樣的碎裂。空拿著它落淚，也急不出半分的話來；只覺得心裡隱隱的生痛，手裡陣陣的發顫。反正我現在所受的，只有我自己知道就是了。

最後幾句話我要說的，就是要請讀者原諒我那一本不成器的日記，實在是難以同摩放在一起出版的（因為我寫的時候是絕對不預備出版的）。可是因為遵守他的遺志起見，也不能再顧到我的出醜了。好在人人知道我是不會寫文章的，所留下的那幾個字，也無非是我一時的感想而已，想著甚麼就寫甚麼，大半都是事實，就這一點也許還可以換得一點原諒；不然我簡直要羞死了。

小曼

志摩日記

一九二五年八月九日至三十一日北京

一九二五年九月五日至十七日上海

八月九日起日記

「幸福還不是不可能的」，這是我最近的發現。

今天早上的時刻，過得甜極了。我只要你；有你我就忘卻一切，我什麼都不想什麼都不要了，因為我什麼都有了。與你在一起沒有第三人時，我最樂。坐著談也好，走道也好，上街買東西也好。廠甸我何嘗沒有去過，但那有今天那樣的甜法；愛是甘草，這苦的世界有了它就好上口了。眉，你真玲瓏，你真活潑，你真像一條小龍。

我愛你樸素，不愛你奢華。你穿上一件藍布袍，你的眉目間就有一種特異的光彩，我看了心裡就覺著不可名狀的歡喜。樸素是真的高貴。你穿戴齊整的時候當然是好看，但那好看是尋常的，人人都認得的，素服時的眉，有我獨到的領略。

「玩人喪德，玩物喪志」，這話確有道理。

我恨的是庸凡，平常，瑣細，俗；我愛個性的表現。

我的胸膛並不大，決計裝不下整個或是甚至部分的宇宙。我的心河也不夠深，常常有露底的憂愁。我即使小有才，決計不是天生的，我信是勉強來的；所以每回我寫什麼多少總是難產，我唯一的靠傍是霎那間的靈通。我不能沒有心的平安，眉，只有你能給我心的平安。在你完全的蜜甜的高貴的愛裡，你享受無上的心與靈的平安。

凡事開不得頭，開了頭便有重複，甚至成習慣的傾向。在戀中人也得提防小漏縫兒，小縫兒會變大窟窿，那就糟了。我見過兩相愛的人因為小事情誤會鬥口，結果只有損失，沒有利益。我們家鄉俗諺有：「一天相罵十八頭，夜夜睡在一橫頭」，意思說是好夫妻也免不了吵。我可不信，我信合理的生活，動機是愛，知識是南針；愛的生活也不能純粹靠感情，彼此的了解是不可少的。愛是幫助了解的力，了解是愛的成熟，最高的了解是靈魂的化合，那是愛的圓滿功德。

沒有一個靈性不是深奧的，要懂得真認識一個靈性，是一輩子的工作。這工夫愈下愈有味，像逛山似的，唯恐進得不深。

眉，你今天說想到鄉間去過活，我聽了頂歡喜，可是你得準備吃苦。總有一天我引你到一個地方，使你完全轉變你的思想與生活的習慣。你這孩子其實是太嬌養慣了！我今天想起丹農雪烏的《死的勝利》的結局；但中國人，哪配！眉，你我從今起對愛的生活負有做到他十全的義務。我們應得努力。眉，你怕死嗎？眉，你怕活嗎？活比死難得多！眉，老實說，你的生活一天不改變，我一天不得放心。但北京就是阻礙你新生命的一個大原因，因此我不免發愁。

我從前的束縛是完全靠理性解開的；我不信你的就不能用同樣的方法。

萬事只要自己決心：決心與成功間的是最短的距離。

往往一個人最不願意聽的話，是他最應得聽的話。

八月十日

我六時就醒了，一醒就想你來談話，現在九時半了，難道你還不曾起身，我等急了。

我有一個心，我有一個頭，我心動的時候，頭也是動的。我真應得謝天，我在這一輩子裡，本來自問已是陳死人，竟然還能嘗著生活的甜味，曾經享受過最完全，最奢侈的時辰，我從此是一個富人，再沒有抱怨的口實，我已經知足。這時候，天坍了下來，地陷了下去，霹靂種在我的身上，我再也不怕死，不愁死，我滿心只是感謝。即使眉你有一天（恕我這不可能的設想）心換了樣，停止了愛我，那時我的心就像蓮蓬似的栽滿了窟窿，我所有的熱血都從這些窟窿裡流走——即使有那樣悲慘的一天，我想我還是不敢怨的，因為你我的心曾經一度靈通，那是不可滅的。上帝的意思到處是明顯的，他的發落永遠是平正的；我們永遠不能批評，不能抱怨。

八月十一日

這過的是什麼日子！我這心上壓得多重呀！眉，我的眉，怎麼好呢？霎那間有千百件事在方寸間起伏，是憂，是慮，是瞻前，是顧後，這筆上那能寫出？眉，我怕，我真怕世界與我們是不能並立的，不是我們把他們打毀成全我們的話，就是他們打毀我們，逼迫我們的死。眉，我悲極了，我胸口隱隱的生痛，我雙眼盈盈的熱淚，我就要你，我此時要你，我偏不能有你，喔，這難受——戀愛是痛苦，是的眉，再也沒有疑義。眉，我恨不得立刻與你死去，因為只有死可以給我們想望的清靜，相互的永遠占有。眉，我來獻全盤的愛給你，一團火熱的真情，整個兒給你，我也盼望你也一樣拿整個，完全的愛還我。

世上並不是沒有愛，但大多是不純粹的，有漏洞的，那就不值錢，平常，淺薄。我們是有志氣的，絕不能放鬆一屑屑，我們得來一個直純的榜樣。眉，這戀愛是大事情，是難事情，是關生死超生死的事情——如其要到真的境界，那才是神聖，那才是不可侵犯。有同情的朋友是難得的，我們現有少數的朋友，就思想見解論，在中國是第一流。他們都是真愛你我，看重你我，期望你我的。他們要看我們做到一般人做不到的事，實現一般人夢想的境界。他們，我敢說，相信你我有這天賦，有這能力；他們的期望是最難得的，但同時你我負著的責任，那不是玩兒。對己，對友，對社會，對天，我們有奮鬥到底，做到十全的責任！眉，你知道我這來心事重極了，晚上睡不著不說，睡著了就來怖夢，種種的顧慮整天像刀光似的在心頭亂刺，眉，你又是在這樣的環境裡嵌著，連自由談天的機會都沒有，咳，這真是那裡說起！眉，我每晚睡在床上尋思時，我彷彿覺著髮根裡的血液一滴滴的消耗，在憂鬱的思念中黑髮變成蒼白。一天二十四時，心頭那有一刻的平安——除了與你單獨相對的俄頃，那是太難得了。眉，我們死去吧，眉，你知道我怎樣的愛你，啊眉！比如昨天早上你不來電話，從九時半到十一時我簡直像是活抱著炮烙似的受罪，心那麼的跳，那麼的痛，也不知為什麼，說你也不信，我躺在榻上直咬著牙，直翻身喘著哪！後來再也忍不住了，自己拿起了電話，心頭那陣的狂跳，差一點把我暈了。誰知你一直睡著沒有醒，我這自討苦吃多可笑，但同時你得知道，眉，在戀中人的心理是最複雜的心理，說是最不合理可以，說是最合理也可以。眉，你肯不肯親手拿刀割破我的胸膛，挖出我那血淋淋的心留著，算是我給你最後的禮物？

今朝上睡昏昏的只是在你的左右。那怖夢真可怕，彷彿有人用妖法來離間我們，把我迷在一輛車上，整天整夜的飛行了三晝夜，旁邊坐著一個瘦長的嚴肅的婦人，像是運命自身，我昏昏的身體動不得，口開不得，聽憑那妖車帶著我跑，等得我醒來下車的時候有人來對我說你已另訂約了。我說不信，你帶約指的手指忽在我眼前閃動。我一見就往石板上一頭衝去，一聲悲叫，就死在地下——正當你電話鈴響把我振醒，我那時雖則醒了，但那一陣的淒惶與悲酸，像是靈魂出了竅似的，可憐呀，眉！我過來正想與你好好的談半句鐘天，偏偏你又得出門就診去，以後一天就完了，四點以後過的是何等不自然而侷促的時刻！我與「先生」談，也是淒涼萬狀，我們的影子在荷池圓葉上晃著，我心裡只是悲慘，眉呀，你快來伴我死去吧！

八月十二日

這在戀中人的心境真是每分鐘變樣，絕對的不可測度。昨天那樣的受罪，今兒又這般的上天，多大的分別！像這樣的豔福，世上能有幾個人享著；像這樣奢侈的光陰，這宇宙間能有幾多？卻不道我年前口占的「海外纏綿香夢境，銷魂今日竟燕京」，應在我的甜心眉的身上！B明白了，我真又歡喜又感激！他這來才夠交情，我從此完全信託他了。眉，你的福分可也真不小，當代賢哲你瞧都在你的妝臺前聽候差遣。眉，你該睡著了吧，這時候，我們又該夢會了！說也真怪，這來精神異常的抖擻，真想做事了，眉，你內助我，我要向外打仗去！

八月十四日

昨晚不知哪兒來的興致，十一點鐘跑到W家裡，本想與奚談天，他買了新鮮合桃，葡萄，莎果，蓮蓬請我，誰知講不到幾句話，太太回來了，那就是完事。接著W和M也來了，一同在天井裡坐著閒話，大家嚷餓，就吃蛋炒飯，我吃了兩碗，飯後就嚷打牌，我說那我就得住夜，住夜就得與他們夫婦同床，M連罵「要死快哩，瘋頭瘋腦，」但結果打完了八圈牌，我的要求居然做到，三個人一頭睡下，熄了燈，M躲緊在W的胸前，格支支的笑個不住，我假裝睡著，其實他說話等等我全聽分明，到天亮都不曾落。

眉，娘真是何苦來。她是聰明，就該聰明到底；她既然看出我們倆都是痴情人容易鍾情，她就該得想法大處落墨，比如說禁止你與我往來，不許你我見面，也是一個辦法；否則就該承認我們的情分，給我們一條活路才是道理。像這樣小鶼鶼的溜著眼珠當著人前提防，多說一句話該，多看一眼該，多動一手該，這可不是真該，實際毫無干係，只叫人不舒服，強迫人裝假，真是何苦來。眉，我總說有真愛就有勇氣，你愛我的一片血誠，我身體磨成了粉都不能懷疑，但同時你娘那裡既不肯冒險，他哪裡又不肯下決斷，生活上也沒有改向，單叫我含糊的等著，你說我心上那能有平安，這神魂不定又那能做事？因此我不由不私下盼望你能進一步愛我，早晚想一個堅決的辦法出來，使我早一天定心，早一天能堂皇的做人，早一天實現我一輩子理想中的新生活。眉，你愛我究竟是怎樣的愛法？

我不在時你想我，有時很熱烈的想我，那我信！但我不在時你依舊有你的生活，並不是怎樣的過不去；我在你當然更高興，但我所最要知道的是，眉呀，我是否你「完全的必要」，我是否能給你一些世上再沒有第二人能給你的東西，是否在我的愛你的愛裡你得到了你一生最圓滿，最無遺憾的滿足？這問題是最重要不過的，因為戀愛之所以為戀愛就在他那絕對不可改變不可替代的一點；羅米烏愛玖麗德，願為她死，世上再沒有第二個女子能動他的心；玖麗德愛羅米烏，願為他死，世上再沒有第二個男子能占她一點子的情，他們那戀愛之所以不朽，又高尚，又美，就在這裡。他們倆死的時候彼此都是無遺憾的，因為死成全他們的戀愛到最完全最圓滿的程度，所以這，「Die upon a kiss」是真鍾情人理想的結局，再不要別的。反面說，假如戀愛是可以替代的，像是一枝牙刷爛了可以另買，皮服破了可以另製，他那價值也就可想。「定情」——the spiritual engagement, the great mutual giving up——是一件偉大的事情，兩個靈魂在上帝的眼前自願的結合，人間再沒有更美的時刻——戀愛神聖就在這絕對性，這完全性，這不變性；所以詩人說：

……the light of a whole life dies, When love is done.

戀愛是生命的中心與精華；戀愛的成功是生命的成功，戀愛的失敗，是生命的失敗，這是不容疑義的。

眉，我感謝上蒼，因為你已經接受了我；這來我的靈性有了永久的寄託，我的生命有了最光榮的起點，我這一輩子再不能想望關於我自身更大的事情發現，我一天有你的愛，我的命就有根，我就是精神上的大富翁。因此我不能不切實的認明這基礎究竟是多深，多堅實，有多少抵抗侵凌的實力——這生命裡多的是狂風暴雨！

所以我不怕你厭煩我要問你究竟愛到什麼程度？有了我的愛，你是否可以自慰已經得到了生命與生命中的一切？反面說，要沒有我的愛，是否你的一生就沒有了光彩？我再來打譬喻：你愛吃蓮肉，愛吃雞豆肉；你也愛我的愛；在這幾天我信蓮肉，雞豆，愛都是你的需要；在這情形下愛只像是一個「加添的必要」。An additional necessity，不是絕對的必要，比如有氣，比如飲食，沒了一樣就沒有命的。有蓮時吃蓮，有雞豆時吃雞豆；有愛時「吃」愛。好；再過幾時時新就換樣，你又該吃蜜桃，吃大石榴了，那時假定我給你的愛也跟著蓮與雞豆完了，但另有與石榴同時的愛現成可以「吃」——你是否能照樣過你的活，照樣生活裡有跳有笑的？再說明白的，眉呀，我祈望我的愛是你的空氣、你的飲食，有了就活，缺了就沒有命的一樣東西；不是雞豆或是蓮肉，有時吃固然痛快，過了時也沒有多大交關，石榴柿子青果跟著來替口味多著吧！眉，你知道我怎樣的愛你，你的愛現在已是我的空氣與飲食，到了一半天不可少的程度，因此我要知道在你的世界裡我的愛占一個什麼地位？

May, I miss your passionately appealing gazings and soul communicating glances which once so overwhelmed and ingratiated me. Suppose I die suddenly tomorrow morning. Suppose I change my heart and love somebody else, what then would you feel and what would you do? These are very cruel supposition, I know, but all the same I can't help making them, such being the lover's psychology.

Do you know what would I have done if in my coming back, I should have found my love no longer mine! Try and imagine the situation and tell me what you think.

日記已經第六天了，我寫上了一二十頁，不管寫的是什麼，你一個字都還沒有出世哪！但我卻不怪你，因為你真是貴忙；我自己就負你空忙大部分的責。但我盼望你及早開始你的日記，紀念我們同玩廠甸那一個蜜甜的早上。我上面一大段問你的話，確是我每天鬱在心裡的一點意思，眉，你不該答覆我一兩個字嗎？眉，我寫日記的時候我的意緒益發蠶絲似的繞著你；我筆下多寫一個眉字，我口裡低呼一聲我的愛，我的心為你多跳了一下。你從前給我寫的時候也是同樣的情形我知道，因此我益發盼望你繼續你的日記，（編者按，小曼女士所作日記，即本書所附載之一部，寫於愛眉小札之前二月。）也使我多得一點歡喜，多添幾分安慰。

我想去買一隻玲瓏堅實的小箱，存你我這幾月來交換的信件，算是我們定情的一個紀念，你意思怎樣？

八月十六日

真怪，此刻我的手也直抖擻，從沒有過的，眉我的心，你說怪不怪，跟你的抖擻一樣？想是你傳給我的，好，讓我們同病；叫這劇烈的心震震死了豈不是完事一宗？事情的確是到門了，眉，是往東走或往西走你趕快得定主意才是，再要含糊時大事就變成了頑笑，那可真不是玩！他那口氣是最分明沒有的了；那位京友我想一定是雙心，絕不會第二個人。他現在的口氣似乎比從前有主意的多，他已經準備「依法辦理」；你聽他的話「今年絕不攔阻你」。好，這回像人了！他像人，我們還不爭氣嗎？眉，這事情清楚極了，只要你的決心，娘，別說一個，十個也不能攔阻你。我的意思是我們同到南邊去（你不願我的名字混入第一步，固然是你的好意，但你知道那是不成功的，所以與其拖泥帶漿還不如走大方的路，來一個甘脆，只是情是真的，我們有什麼見不得人面的地方?)找著P做中間人，解決你與他的事情，第二步當然不用提及，雖則誰不明白?眉，你這回真不能再做小孩了，你得硬一硬心，一下解決了這大事免得成天懷鬼胎過不自然的痛苦的日子。要知道你一天在這尷尬的境地裡嵌著，我也心理上一天站不直，那能真心去做事，害得誰都不舒服，真是何苦來?眉，救人就是自救，自救就是救人。我最恨的是苟且，因循，懦怯，在這上面無論什麼事都是找不到基礎的。有志事竟成，沒有錯兒。奮勇上前吧，眉，你不用怕，有我整個兒在你旁邊站著，誰要動你分毫，有我拼著性命保護你，你還怕什麼?

今晚我認帳心上有點不舒服，但我有解釋，理由很長，明天見面再說吧。我的心懷裡，除了摯愛你的一片熱情外，我絕不容留任何夾雜的感想；這冊愛眉小札裡，除了登記因愛而流出的思想外，我也絕不願夾雜一些不值得的成分。眉，我是太痴了，自頂至踵全是愛，你得明白我，你得永遠用你的柔情包住我這一團的熱情，絕不可有一絲的漏縫，因為那時就有爆烈的危險。

八月十八日

十一點過了。肚子還是疼，又招了涼怪難受的，但我一個人占空院子（宏這回真走了），夜沉沉的，哪能睡得著？這時候飯店涼臺上正涼快，舞場中衣香鬢影多浪漫多作樂呀！這屋子悶熱得凶，蚊蟲也不饒人，我臉上腕上腳上都叫咬了。我的病我想一半是昨晚少睡，今天打球後又喝冰水太多，此時也有些倦意，但眉你不是說回頭給我打電話嗎？我那能睡呢！聽差們該死，走的走，睡的睡，一個都使喚不來。你來電時我要是睡著了那又不成。

所以我還是起來塗我最親愛的愛眉小札吧。方才我躺在床上又想這樣那樣的。怪不得老話說「疾病則思親」，我才小不舒服，就動了感情，你說可笑不？我倒不想父母，早先我有病時總想媽媽，現在連媽媽都退後了，我只想我那最親愛的，最鍾愛的小眉。我也想起了你病的那時候，天罰我不叫我在你的身旁，我想起就痛心，眉，我怎樣不知道你那時熱烈的想我要我。我在義大利時有無數次想出了神，不是使勁的自咬手臂，就是拿拳頭捶著胸，直到真痛了才知道。今晚輪著我想你了，眉！我想像你坐在我的床頭，給我喝熱水，給我吃藥，撫摩著我生痛的地方，讓我好好的安眠，那都幸福呀！我願意生一輩子病，叫你坐一輩子的床頭。哦那可不成，太自私了，不能那樣設想。昨晚我問你我死了你怎樣，你說你也死，我問真的嗎，你接著說的比較近情些。你說你或許不能死，因為你還有娘，但你會把自己「關」起來，再不與男子們來往。眉，真的嗎？門關得上，也打得開，是不是？我真傻，我想的是什麼呀，太空幻了！我方才想假使我今晚肚子疼是盲腸炎，一陣子湧上來在極短的時間內痛死了我，反正這空院子裡鬼影都沒，天上只有幾顆冷淡的星，地下只有幾莖野草花。我要是真的靈魂出了竅，那時我一縷精魂飄飄蕩蕩的好不自在，我一定跟著涼風走，自己什麼主意都沒有；假如空中吹來有音樂的聲響，我的鬼魂許就望著那方向飛去——許到了飯店的涼臺上。啊，多涼快的地方，多好聽的音樂，多熱鬧的人群呀！啊，那又是誰，一位妙齡女子，她慵慵的倚著一個男子肩頭在那像水潑似的地平上翩翩的舞，多美麗的舞影呀！但她是誰呢，為什麼我這飄渺的三魂無端又感受一個勁烈的顫慄？她是誰呢，那樣的美，那樣的風情，讓我移近去看看，反正這鬼影是沒人覺察，不會招人討厭的不是？現在我移近了她的跟前——慵慵的倚著一個男子肩頭款款舞踏著的那位女郎。她到底是誰呀，你，孤單的鬼影，究竟認清了沒有？她不是旁人；不是皇家的公主，不是外邦的少女；她不是別人，她就是她——你生前瀝肝腦去戀愛的她！你自己不幸，這大早就變了鬼，她又不知道，你不通知她那能知道——那圓舞的音樂多香柔呀！好，我去通知她吧。那鬼影躊躇了一晌，噤住了他無形的悲淚，益發移近了她，舉起一個看不見的指頭，向著她暖和的胸前輕輕的一點——啊，她打了一個寒噤，她抬起了頭，停了舞，張大了眼睛，望著透光的鬼影睜眼的看，在那一瞥間她見著了，她也明白了，她知道完了——她手掩著面，她悲切切的哭了。她同舞的那位男子用手去攬著她，低下頭去軟聲聲安慰她——在潑水似的地平上，他擁著掩面悲泣的她慢慢走回坐位去坐下了。音樂還是不斷的奏著。

十二點了。你還沒有消息，我再上床去躺著想吧。

十二點三刻了。還是沒有消息。水管的水聲，像是瀝淅的秋雨，真惱人。為什麼心頭這一陣陣的淒涼；眼淚——線條似的掛下來了！寫什麼，上床去吧。

一點了。一個秋蟲在階下鳴，我的心跳；我的心一塊塊的迸裂；痛！寫什麼，還是躺著去，孤單的痴人！

一點過十分了。還這麼早，時候過的真慢呀！

這地板多硬呀，跪著雙膝生痛；其實何苦來，禱告又有什麼用處？人有沒有心是問題；天上有沒有神道更是疑問了。

志摩啊你真不幸！志摩啊你真可憐！早知世界是這樣的，你何必投娘胎出世來！這一腔熱血遲早有一天嘔盡。

一點二十分！

一點半——Marvellous!

一點三十五分——Life is too charming, too charming indeed, Haha!

一點三刻——O is that the way woman love! Is that the way woman love!

一點五十五分——天呀！

兩點五分——我的靈魂裡的血一滴滴的在那裡掉……

兩點十八分——瘋了！

兩點三十分——

兩點四十分——「The pity of it, the pity of it, Iago!」

Christ, what a hell
Is packed into that line! Each syllable
Blessed when you say it.……

兩點五十分——靜極了。

三點七分——

三點二十五分——火都沒了！

三點四十分——心茫然了！

五點欠一刻——咳！

六點三十分

七點二十七分

八月十九日

眉，你救了我，我想你這回真的明白了，情感到了真摯而且熱烈時，不自主的往極端方向走去，亦難怪我昨夜一個人發狂似的想了一夜，我何嘗成心和你生氣，我更不會存一絲的懷疑，因為那就是懷疑我自己的生命，我只怪嫌你太孩子氣，看事情有時不認清親疏的區別，又太顧慮，缺乏勇氣。須知真愛不是罪（就怕愛而不真，做到真字的絕對義那才做到愛字）在必要時我們得以身殉，與烈士們愛國，宗教家殉道，同是一個意思。你心上還有介蒂時，還覺著「怕」時，那你的思想就沒有完全叫愛染色，你的情沒有到晶瑩惕透的境界，那就比一塊光澤不純的寶石，價值不能怎樣高的。昨晚那個經驗，現在事後想來，自有它的功用，你看我活著不能沒有你，不單是身體，我要你的性靈，我要你身體完全的愛我，我也要你的性靈完全的化入我的，我要的是你的絕對的全部——因為我獻給你的也是絕對的全部，那才當得起一個愛字。在真的互戀裡，眉，你可以盡量，盡性的給，把你一切的所有全給你的戀人，再沒有任何的保留，隱藏更不須說；這給，你要知道，並不是給，像你送人家一件袍子或是什麼，非但不是給掉，這給是真的愛，因為在兩情的交流中，給與愛再沒有分界；實際是你給的多你愈富有，因為戀情不是像金子似的硬性，它是水流與水流的交抱，是明月穿上了一件輕快的雲衣，雲彩更美，月色亦更豔了。眉，你懂得不是，我們買東西尚且要挑剔，怕上當，水果不要有蛀洞的，寶石不要有斑點的，布綢不要有縐紋的，愛是人生最偉大的一件事實，如何少得一個完全：一定得整個換整個，整個化入整個，像糖化在水裡，才是理想的事業，有了那一天，這一生也就有了交代了。

眉，方才你說你願意跟我死去，我才放心你愛我是有根了；事實不必有，決心不可不有，因為實際的事變誰都不能測料，到了臨場要沒有相當準備時，原來神聖的事業立刻就變成了醜陋的頑笑。

世間多的是沒志氣人，所以只聽見頑笑，真的能認真的能有幾個人；我們不可不特別自勉。

我不僅要愛的肉眼認識我的肉身，我要你的靈眼認識我的靈魂。

八月二十日

我還覺得虛虛的，熱沒有退淨，今晚好好睡就好了，這全是自討苦吃。

我愛那重簾，要是簾外有濃綠的影子，那就更趣了。

你這無謂的應酬真叫人太不耐煩，我想想真有氣，成天遭強盜搶。老實說，我每晚睡不著也就為此，眉，你真的得小心些，要知道「防微杜漸」在相當時候是不可少的。

八月二十一日

眉，醒起來，眉，起來，你一生最重要的交關已經到門了，你再不可含糊，你再不可因循，你成人的機會到了，真的到了。他已經把你看作潑水難收，當著生客們的面前，盡量的羞辱你；你再沒有志氣，也不該猶豫了；同時你自己也看得分明，假如你離成了，絕不能再在北京耽下去。我是等著你，天邊去，地角也去，為你我什麼道兒都欣欣的不躊躇的走去。聽著：你現在的選擇，一邊是苟且曖昧的圖生，一邊是認真的生活；一邊是骯髒的社會，一邊是光榮的戀愛；一邊是無可理喻的家庭，一邊是海闊天空的世界與人生；一邊是你的種種的習慣，寄媽舅母，各類的朋友，一邊是我與你的愛。認清楚了這回，我最愛的眉呀，「差以毫釐，謬以千里」，「一失足成千古恨」，你真的得下一個完全自主的決心，叫愛你期望你的真朋友們，一致起敬你才好呢！

眉，為什麼你不信我的話，到什麼時候你才聽我的話！你不信我的愛嗎？你給我的愛不完全嗎？為什麼你不肯聽我的話，連極小的事情都不依從我——到是別人叫你上那兒你就梳頭打扮了快走。你果真愛我，不能這樣沒膽量，戀愛本是光明事。為什麼要這樣子偷偷的，多不痛快。

眉，要知道你只是偶爾的覺悟，偶爾的難受，我呢，簡直是整天整晚的叫憂愁割破了我的心。

Oh May! love me, give me all your love, let us become one; try to live into my love for you, let my love fill you, nourish you; caress your daring body and hug your daring soul too; let my love stream over you, merge you thoroughly; let me rest happy and confident in your passion for me!

憂愁他整天拉著我的心，

像一個琴師操練他的琴；
悲哀像是海礁間的飛濤，
看他那洶湧聽他那呼號！

八月二十二日

眉，今兒下午我實在是餓荒了，壓不住上衝的肝氣，就這麼說吧，倒叫你笑話酸勁兒大，我想想是覺著有些過分的不自持，但同時你當然也懂得我的意思。我盼望，聰明的眉呀，你知道我的心胸不能算不坦白，度量也不能說是過分的窄，我最恨是瑣碎地方認真，但大家要分明，名分與了解有了就好辦，否則就比如一盤不分疆界的棋，叫人無從下手了。很多事情是庸人自擾，頭腦清明所以是不能少的。

你方才跳舞說一句話很使我自覺難為情，你說「我們還有什麼客氣？」難道我真的氣度不寬，我得好好的反省才是。眉，我沒有怪你的地方，我只要你的思想與我的合併成一體，絕對的泯縫，那就不易見錯兒了。

我們得互相體諒；在你我間的一切都得從一個愛字裡流出。

我一定聽你的話；你叫我幾時回南我就回南，你叫我幾時往北我就幾時往北。

今天本想當人前對你說一句小小的怨語，可沒有機會，我想說，「小眉真對不起人，把人家萬里路外叫了回來，可連一個清靜談話的機會都沒給人家！」下星期西山去一定可以有機會了，我想著就起勁，你呢，眉？

我較深的思想一定得寫成詩才能感動你，眉，有時我想就只你一個人真的懂我的詩，愛我的詩，真的我有時恨不得拿自己血管裡的血寫一首詩給你，叫你知道我愛你是怎樣的深。

眉，我的詩魂的滋養全得靠你，你得抱著我的詩魂像抱親孩子似的，他冷了你得給他穿，他餓了你得餵他食——有你的愛他就不愁餓不愁凍，有你的愛他就有命！

眉，你得引我的思想往更高更大更美處走；假如有一天我思想墮落或是衰敗時就是你的羞恥，記著了，眉！

已經三點了，但我不對你說幾句話我就別想睡。這時你大概早睡著了，明兒九時半能起嗎？我怕還是問題。

你不快活時我最受罪，我應當是第一個有特權有義務給你慰安的人不是？下回無論你怎樣受了誰的氣不受用時，只要我在你旁邊看你一眼或是輕輕的對你說一兩個小字，你就應得寬解；你永遠不能對我說「Shut up」（當然你絕不會說的，我是說笑話，）叫我心裡受刀傷。

我們男人，尤其是像我這樣的痴子，真也是怪，我們的想頭不知是那樣轉的，比如說去秋那「一雙海電」，為什麼這一來就叫一萬二千度的熱頓時變成了冰，燒得著天的火立刻變成了灰，也許我是太痴了，人間絕對的事情本是少有的。All or Nothing 到如今還是我做人的標準。

眉，你真是孩子，你知道你的情感的轉向來的多快，一會兒氣得話都說不出，一會兒又嚷吃麵包了！

今晚與你跳的那一個舞，在我是最 enjoy 不過了，我覺得從沒有經驗過那樣濃豔的趣味——你要知道你偶爾喚我時我的心身就化了！

八月二十三日

昨晚來今雨軒又有慷慨激昂的「援女學聯會」，有一個大鬍子矮矮的，他像是大軍師模樣，三五個女學生一群男學生站在一起談話，女的哭哭噪噪，一面擦眼淚，一面高聲的抗議，我只聽見「像這樣還有什麼公理呢？」又說「誰失蹤了，誰受重傷了，誰準叫他們打死了，唉，一定是打死了，嗚嗚嗚嗚……」

眉到看得好玩，你說女人真不中用，一來就哭；你可不知道女人的哭才是她的真本領哩！

今天一早就下雨，整天陰霾到底，你不樂，我也不快；你不願見人，並且不願見我；你不打電話，我知道你連我的聲音都不願聽見，我可一點也不怪你，眉，我懂得你的抑鬱，我只抱歉我不能給你我應分的慰安。十一點半了，你還不曾回家，我想像你此時坐在一群叫囂不相干的俗客中間，看他們放肆的賭，你盡楞著，眼淚向裡流著，有時你還得陪笑臉，眉，你還不厭嗎，這種無謂的生活，你還不造反嗎，眉？

我不知道我對你說著什麼話才好，好像我所有的話全說完了，又像是什麼話都沒有說，眉呀，你望不見我的心嗎？這淒涼的大院子今晚又是我單個兒占著，靜極了，我覺得你不在我的周圍，我想飛上你那裡去，一時也像飛不到的樣子，眉，這是受罪，真是受罪！方才「先生」說他這一時不很上我們這兒來，因為他看了我們不自然的情形覺著不舒服，原來事情沒有到門大家見面打哈哈到沒有什麼，這回來可不對了，悲慘的顏色，緊急的情調，一時都來了，但見面時還得裝作，那就是痛苦，連旁觀人都受著的，所以他不願意來，雖則他很Miss你。他明天見娘談話去，他再不見效，誰都不能見效了，他真是好朋友，他見到，他也做到，我們將來怎樣答謝他才好哩。S來信有這幾句話——我覺得自己無助的可憐，但是一看小曼，我覺得自己運氣比她高多了，如果我精神上來，多少可以做些事業，她卻難上難，一不狠心立志，險得很。歲月蹉跎，如何能保守健康精神與身體，志摩，你們都是她的至近朋友，怎不代她設想設想？使她蹉磨下去，真是可惜，我是巾幗到底不好參與家事……。

八月二十四日

這來你真的很不聽話，眉，你知道不？也許我不會說話，你不愛聽；也許你心煩聽不進，今晚在真光我問你記否去年第一次在劇場覺得你的發鬈擦著我的臉，（我在海拉爾寄回一首詩來紀念那初度尖銳的官感，在我是不可忘的，）你理都沒有理會我，許是你看電影出了神，我不能過分怪你。

今晚北海真好，天上的雙星那樣的晶清，隔著一條天河含情的互睇著；滿池的荷葉在微風裡透著清馨；一彎黃玉似的初月在西天掛著；無數的小蟲相應的叫著；我們的小舫在荷葉叢中刺著，我就想你，要是你我倆坐著一隻船在湖心裡蕩著，看星，聽蟲，嗅荷馨，忘卻了一切，多幸福的事，我就怨你這一時心不靜，思想不清，我要你到山裡去也就為此。你一到山裡心胸自然開豁的多，我敢說你多忘了一件雜事，你就多一分心思留給你的愛：你看看地上的草色，看看天上的星光，摸摸自己的胸膛，自問究竟你的靈魂得到了寄託沒有，你的愛得到了代價沒有，你的一生尋出了意義沒有？你在北京城裡是不會有清明思想的——大自然提醒我們內心的願望。

我想我以後寫下的不拿給你看了，眉，一則因為天天看煩得很，反正是這一路的話，這愛長愛短老聽也是怪膩煩的；二則我有些不甘願因為分明這來你並不怎樣看重我的「心聲」。我每天的寫，有功夫就寫，倒像是我唯一的功課，很多是夜闌人靜半夜三更寫的，可是你看也就翻過算數，到今天你那本子還是白白的，我問你勸你的話你也從不提及，可見你並不曾看進去，我寫當然還是寫，但我想這來不每天繳卷似的送過去了，我也得裝裝嫣虎，等你自己想起時問起時真的要看時再給你不遲。我記得(你記得嗎，眉?)才幾個月前你最初與我祕密通訊時，你那時的誠懇，焦急，需要，怎樣抱怨我不給你多寫，你要看我的字就比掉在岸上的魚想水似的急，——咳，那時間我的肝腸都叫你搖動了，眉！難道這幾個月來你已經看夠了不成?我的話準沒有先前的動聽，所以你也不再著急要，雖則我自問我對你一往的深情真是一天深似一天，我想看你的字，想聽你的話，想摟抱你的思想，正比你幾個月前想要我的有增無減——眉，這是什麼道理?我知道我如其盡說這一套帶怨意的話，你一定看得更不耐煩，你真是愈來愈蠢了，什麼新鮮的念頭，討人歡喜招人樂的俏皮話一句也想不著，這本子一頁又一頁只是扳著臉子說的鄭重話，那能怪你不愛看——我自個兒活該不是？下回我想來一個你給我的信的一個研究——我要重新接近你那時的真與摯，熱烈與深刻。眉，你知道你那時偶爾看一眼，那一眼裡含著多少的深情呀！現在你快正眼都不愛覷我了，眉，這是什麼道理？你說你心煩，所以連面都不願見我——我懂得，我不怪你，假如我再跑了一次看看——我不在跟前時也許你的思想到會分給我一些——你說人在身邊，何必再想，真是！這樣來我願意我立即死了，那時我倒可以希望占有你一部分純潔的思想的快樂。眉，你幾時才能不心煩？你一天心煩，我也一天不心安，因為我們倆的思想鑲不到一起，隨我怎樣的用力用心——

眉，假如我逼著你跟我走，那是說到和平辦法真沒有希望時，你將怎樣發付我？不，我情願收回這問句，因為你也許忍心拿一把刀插在愛你的摩的心裡！

咳，「以不了了之」，什麼話！我倒不信，徐志摩不是懦夫，到相當時候我有我的顏色，無恥的社會你們看著吧！

眉，只要你有一個日本女子一半的痴情與俠氣——你早跟我飛了，什麼事都解決了。亂絲總得快刀斬，眉，你怎的想不通呀！

上海有時症，天又熱，我也有些怕去。

八月二十五日

眉，你快樂時就比花兒開，我見了直樂！

八月二十七日

兩天不親近愛眉小札了，真覺得抱歉。

香山去只增添，加深我的懊喪與惆悵，眉，沒有一分鐘過去不帶著想你的痴情，眉，上山，聽泉，折花，望遠，看星，獨步，嗅草，捕蟲，尋夢，——那一處沒有你，眉，那一處不惦著你眉，那一個心跳不是為著你眉！

我一定得造成你眉；旁人的閒話我愈聽愈惱，愈憤愈自信！眉，交給我你的手，我引你到更高處去，我要你托膽的完全信任的把你的手交給我。

我沒有別的方法，我就有愛；沒有別的天才，就是愛；沒有別的能耐，只是愛；沒有別的動力，只是愛。

我是極空洞的一個窮人，我也是一個極充實的富人——我有的只是愛。

眉，這一潭清冽的泉水：你不來洗濯誰來：你不來解渴誰來：你不來照形誰來！

我白天想望的，晚間祈禱的，夢中纏綿的，平旦時神往的——只是愛的成功，那就是生命的成功。

是真愛不能沒有力量：是真愛不能沒有悲劇的傾向。

眉，「先生」說你意志不堅強，所以目前逢著有阻力的環境倒是好的，因為有阻力的環境是激發意志最強的一個力量，假如阻力再不能激發意志時，那事情也就不易了。這時候各界的看法各各不同，眉，你覺出了沒有？有絕對懷疑的：有相對懷疑的：有部分同情的：有完全同情的（那很少，除是老K）：有嫉忌的：有陰謀破壞的（那最危險）：有肯積極助成的：有願消極幫忙的……都有。但是，眉：聽著，一切都跟著你我自身走：只要你我有意志，有氣，有勇，加在一個真的情愛上，什麼事不成功，真的！

有你在我的懷中，雖則不過幾秒鐘，我的心頭便沒有憂愁的蹤跡；你不在我的當前，我的心就像掛燈似的懸著。

你為什麼不抽空給我寫一點？不論多少，抱著你的思想與抱著你的溫柔的肉體，同樣是我這輩子無上的快樂。

往高處走，眉，往高處走！

我不願意你過分「愛物」，不願意你隨便化錢，無形中養成「想什麼非要到什麼不可」的習慣；我將來絕不會怎樣賺錢的，即使有機會我也不來，因為我認定奢侈的生活不是高尚的生活。

愛，在儉樸的生活中，是有真生命的，像一朵朝露浸著的小草花；在奢華的生活中，即使有愛，不能純粹，不能自然，像是熱屋子裡烘出來的花，一半天就衰萎的憂愁。

論精神我主張貴族主義；談物質我主張平民主義。

眉，你閒著時候想一想，你會不會有一天厭棄你的摩。

不要怕想，想是領到「通」的路上去的。

愛朋友憐惜與照顧也得有個限度，否則就有界限不分明的危險。

小的地方要防，正因為小的地方容易忽略。

八月二十八日

這生活真悶死得人，下午等你消息不來時我反僕在床上，淒涼極了，心跳得飛快，在迷惘中呻吟著「Let me die, let me die, o Love !」

眉，你的舌頭上生疱，說話不利便；我的舌頭上不生疱，說話一樣的不能出口，我只能連聲的叫你，眉，眉，你聽著了沒有？

為誰憔悴？眉，今天有不少人說我。

老太爺防賊有功，應賞反穿黃馬褂！

心裡只是一束亂麻，叫我如何定心做事。

「南邊去防口實」，咳眉，這回再要「以不了了之」，我真該投身西湖做死鬼去了，我本想在南行前寫完這本日記的，但看情形怕不易了，眉，這本子裡不少我的嘔心血的話，你要是隨便翻過的話，我的心血就白嘔了！

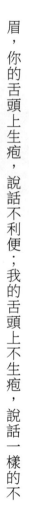

八月二十九日

眉，今天今晚我釋然得很。

八月三十一日

眉，今晚我只是「爽然」！「如此星辰非昨夜，為誰風露立終宵」，多淒涼的情調呀！北海月色荷香，再會了！

織女與牛郎，清淺一水隔，相對兩無言，盈盈復脈脈。

九月五日上海

前幾天真不知是怎樣過的，眉呀，昨晚到站時「譚譚」背給我聽你的來電，他不懂得末尾那個眉字，瞎猜是密碼還是什麼，我真忍不住笑了——好久不笑了眉，你的摩？

「先生」真可人，「一切如意——珍重——眉」多可愛呀，救命王菩薩，我的眉！這世界畢竟不是騙人的，我心裡又漾著一陣甜味兒，癢齊齊怪難受的，飛一個吻給我至愛的眉，我感謝上蒼，真厚待我，眉終究不負我，忍不住又獨自笑了。昨夜我住在蔣家，覆去翻來老想著你，那睡得著，連著蜜甜的叫你嗔你親你，你知道不，我的愛？

今天捱過好不容易，直到十一時半你的信才來，阿彌陀佛，我上天了。

我一壁開信就見著你肥肥的字跡我就樂想躲著眉，我媽坐在我對桌，我爸躺在床上同聲笑著罵了「誰來看你信，這鬼鬼祟祟的幹嘛！」我倒怪不好意思的，念你信時我面上一定很有表情，一忽兒緊縐著眉頭，一忽兒笑逐顏開，媽準遞眼風給爸笑話我哪！

眉，我真心的小龍，這來才是推開雲霧見青天了！我心花怒放就不用提了，眉，我恨不得立刻摟著你，親你一個氣都喘不回來，我的至寶，我的心血，這才是我的好龍兒哪！

你那裡是披心瀝膽，我這裡也打開心腸來收受你的至誠——同時我也不敢不感激我們的「紅娘」，他真是你我的恩人——你我還不爭氣一些！

說也真怪，昨天還是在昏沈地獄裡坑著的，這來勇氣全回來了，你答應了我的話，你給了我交代，我還不聽你話向前做事去，眉，你放心，你的摩也不能不給你一個好「交代」！

今天我對P全講了，他明白，他說有辦法，可不知什麼辦法？真厭死人，娘還得跟了來！我本想到南京去接你的，她若來時我連上車站都不便，這多氣人。可是我聽你話眉，如今我完全聽你話，你要我怎辦就怎辦，我完全信託你，我耐著——為著你眉。

眉，你幾時才能再給我一個甜甜的——我急了！

九月八日

●●●●●●●●●●●●●●●●●

風波，惡風波。

眉，方才聽說你在先施吃冰其琳剪髮，我也放心了；昨晚我說——

「The absolute way out is the best way out」。

我意思是要你死，你既不能死，那你就活；現在情形大概你也活得過去，你也不須我保護；我為你已經在我的靈魂上塗上一大塔的窯煤，我等於說了謊，我想我至少是對得住你的；這也是種氣使然，有行動時只是往下爬，永遠不能向上爭，我只能暫時灑一滴創心的悲淚，拿一塊冷笑的毛氈包起我那流鮮血的心，等著再看隨後的變化罷。

我此時竟想立刻跑開，遠著你們，至少讓「你的」幾位安安心；我也不寫信給你，也沒法寫信；我也不想報復，雖則你娘的橫蠻真叫人髮指；我也不要安慰，我自己會騙自己的，罷了，罷了，真罷了！

一切人的生活都是說謊打底的，志摩，你這個痴子妄想拿真去代謊，結果你自己輪著雙層的大謊，罷了，罷了，真罷了！

眉，難道這就是你我的下場頭？難道老婆婆的一條命就活活的嚇倒了我們，真的蠻橫壓得倒真情嗎？

眉，我現在只想在什麼時候再有機會抱著你痛哭一場——我此時忍不住悲淚直流，你是弱者眉，我更是弱者的弱者，我還有什麼面目見朋友去，還有什麼心腸做事情去——罷了，罷了，真罷了！

眉，留著你半夜驚醒時一顆淒涼的眼淚給我吧，你不幸的愛人！

眉，你鏡子裡照照，你眼珠裡有我的眼水沒有？

唉，再見吧！

九月九日

今晚許見著你，眉，叫我怎樣好！Z說我非但近痴，簡直已經痴了。方才爸爸進來問我寫什麼，我說日記，他要看前面的題字，沒法給他看了，他指了指「眉」字，笑了笑，用手打了我一下。爸爸直通人情，前夜我沒回家他急得什麼似的一晚沒睡，他說替我「捏著一大把汗」，後來問我怎樣，我說沒事，他說「你額上亮著哪」，他又對我說「像你這樣年紀，身邊女人是應得有一個的，但可不能胡鬧，以後，有夫之婦總以少接近為是。」我當然不能對他細講，點點頭算數。

昨晚我叫夢象纏得真苦，眉你真害苦了我，叫我怎生才是？我真想與你與你們一家人形跡上完全絕交，能躲避處躲避，免不了見面時也只隨便敷衍，我恨你的娘刺骨，要不為你愛我，我要叫她認識我的厲害！等著吧，總有一天報復的！

我見人都覺著尷尬，了解的朋友又少，真苦死。前天我急極時忽然想起了LY，她多少是個有俠氣的女子，她或能幫忙，比如代通消息，但我現在簡直連信都不想給你通了，我這裡還記著日記，你那裡恐怕連想我都沒有時候了，唉，我一想起你那專暴淫蠻的娘！

我來揚子江邊買一把蓮蓬：
手剝一層層的蓮衣，
看江鷗在眼前飛，
忍含著一眼悲淚，——
我想著你，我想著你，啊小龍！
我嘗一嘗蓮瓤，回味曾經的溫存——

那階前不卷的重簾，
掩護著銷魂的歡戀，
我又聽著你的盟言：
「永遠是你的，我的身體，我的靈魂。」
我嘗一嘗蓮心，我的心比蓮心苦，
我長夜裡怔忡，
掙不開的惡夢；
誰知我的苦痛？
你害了我，愛，這是叫我如何過？
但我不能說你負，更不能猜你變；
我心頭只是一片柔

你是我的！我依舊
將你緊緊的抱摟；
除非是天翻，但我不能想像那一天！
九月四日滬寧道上

九月十日

「受罪受大了」！受罪受大了，我也這麼說。眉呀，昨晚席間我渾身的肉都顫動了，差一點不曾爆裂，說也怪，我本不想與你說話的，但等到你對我開口時，我悶在心裡的話一句都說不上來，我睜著眼看你來，睜著眼看你去，誰知道你我的心！

有一點我卻不甚懂，照這情形絕望是定的了，但你的口氣還不是那樣子，難道你另外又想出了路子來？我真想不出。

九月十一日

眉，你到底是什麼會事？你眼看著我流淚晶晶的說話的時候，我似乎懂得你，但轉瞬間又模糊了；不說別的，就這現虧我就吃定的了，「總有一天報答你」——那一天不是今天，更有那一天？我心只是放不下，我明天還得對你說話。

事態的變化真是不可逆料，難道真有命的不成？昨晚在M外院微光中，你鑠亮的眼對著我，你溫熱的身子親著我，你說「除非立刻跑」那話就像電火似的照亮了我的心，那一剎那間，我樂極，什麼都忘了，因為昨天下午你在慕爾鳴路上那神態真叫我有些詫異，你一邊咬得那樣定，你心裡究竟是什麼一回事呢？所以我忍不住（怕你真又糊塗了）寫了封信給他，親自跑去送信，本不想見你的，他昨晚態度到不錯，承他的情，我又占了你至少五分鐘，但我昨晚一晚只是睡不著，就惦著怎樣「跑」。我想起大連，想叫「先生」下來幫著我們一點，這樣那樣盡想，連我們在大連租的屋子，相互的生活，都一一影片似的翻上心來。今天我一早出門還以為有幾分希冀，這冒險的意思把我的心搔得直髮癢，可萬想不到說謊時是這般田地，說了真話還是這般田地，真是麻維勒斯了！

我心裡只是一團迷，我爸我娘直替我著急，悲觀得凶，可我又有什麼辦法？咳眉你不能成心的害我毀我；你今天還說你永遠是我的，我沒法不信你，況且你又有那封真摯的信，我怎能不憐著你一點，這生活真是太蹊蹺了！

九月十三日

「先生」昨晚來信，滿是慰我的好意，我不能不聽他的話，他懂得比我多，看得比我透，我真想暫時收拾起我的私情，做些正經事業；也叫愛我如「先生」的寬寬心，咳，我真是太對不起人了。

眉，一見你一口氣就哽住了我的咽喉，什麼話都說不出來了，他昨晚的態度真怪，許有什麼花樣，他臨上馬車過來與我握手的神情也頂怪的，我站著看你，心裡難受就不用提了，你到底是誰的？昨晚本想與你最後說幾句話，結果還是一句都說不成，只是加添了憤懣。咳，你的思想真混眉，我不能不說你。

這來我幾時再見你眉？看你吧。我不放心的就是你許有澈悟的時候，真要我的時候，我又不在你的身旁，那便怎辦？

西湖上見得著我的眉嗎？

我本來站在一個光亮的地位，你拿一個黑影子丟上我的身來，我沒法擺脫……

The sufferer has no right to pessimism

這話裡有電，有震醒力！

十日在棧裡做了一首詩：

今晚天上有半輪的下弦月；

我想攜著她的手，
往明月多處走——
一樣是清光，我想，圓滿或殘缺。
庭前有一樹開剩的玉蘭花，
她有的是愛花癖，
我忍看它的憐惜——
一樣是芬芳，她說，滿花與殘花。
濃蔭裡有一隻過時的夜鶯；
她受了秋涼，
不如從前瀏亮——
快死了，她說，但我不悔我的痴情！

但這鶯，這一樹殘花，這半輪月——
我獨自沈吟，
對著我的身影——
她在那裡呀，為什麼傷悲，凋謝，殘缺？

九月十六日

你今晚終究來不來？你不來時我明天走怕不得相見了；你來了又待怎樣？我現在至多的想望是與你臨行一訣，但看來百分裡沒有一分機會！你娘不來時許還有法想；她若來時什麼都完了。想著真叫人氣；但轉想即使見面又待怎生，你還是在無情的石壁裡嵌著，我沒法挖你出來，多見只多嘗銳利的痛苦，雖則我不怕痛苦。眉，我這來完全變了個「宿命論者」，我信人事會合有命有緣，絕對不容什麼自由與意志，我現在只要想你常說那句話早些應驗——「我總有一天報答你」，是的我也信，前世不論，今生是你欠我債的；你受了我的禮還不曾回答；你的盟言——「完全是你的，我的身體，我的靈魂，」——還不曾實踐，眉，你絕不能隨便墮落了，你不能負我，你的唯一的摩！我固然這輩子除了你沒有受過女人的愛，同時我也自信我也該覺著我給你的愛也不是平常的，眉，真的到幾時才能清帳，我不是急，你要我耐我不是不能耐，但怕的是華年不駐，熱情難再，到那天彼此都離朽木不遠的時候再交抱，豈不是「何苦」？

我怕我的話說不到你耳邊，我不知你不見我時心裡想的是什麼，我不能自由見你，更不能勉強你想我；但你真的能忘我嗎？真的能忍心隨我去休嗎？眉，我真不信為什麼我的運蹇如此！

我的心想不論望那一方向走，碰著的總是你，我的甜；你呢？

在家裡伴娘睡兩晚，可憐，只是在夢陣裡顛倒，連白天都是這怔怔的。昨天上車時，怕你在車上，初到打電話時怕你已到，到春潤廬時怕你就到——這心頭的回折，這無端的狂跳，有誰知道？

方才送花去，躊躇了半晌，不忍不送，卻沒有附信去，我想你夠懂得。

昨天在樓外樓上微醺時那淒涼味兒，眉呀，你何苦愛我來！

方才在煙霞洞與復之閒談，他說今年紅蓼紅蕉都死了，紫薇也叫蟲咬了，我聽了又有悵觸，隨謅四句——

紅蕉爛死紫薇病

秋雨橫斜秋風緊

山前山後亂鳴泉
有人獨立悵空溟

九月十七日

爸今天一定很怪我，早上沒有同去，他已是不願意，下午又沒有回，他準綴眉！但他也一定有數，我為什麼耽著；眉，我的眉，為你，不為你更為誰！可憐我今天去車站盼望你來，又不敢露面，心裡雙層的難受，結果還是白候，這時候有九時半！王福沒電話來，大約又沒有到，也許不叫打，我幾次三番想寫給你可又沒法傳遞，咳，真苦極了，現在我立定主意走了，不管了，以後就看你了，眉呀！想不到這愛眉小札，歡歡喜喜開的篇，會有這樣悽慘的結束，這一段公案到那一天才判得清？我成天思前想後的神思越恍惚了，再不趕快找「先生」尋安慰去，我真該瘋了。眉，我有些怨你；不怨你別的，怨你在京那一個月，多難得的日子，沒多給我一點平安，你想想，北海那晚上！眉，要不是你後來那封信，我真該疑你了。

今天我又發傻，獨自去靈隱，直挺挺的躺在壑雷亭下那石條磴上尋夢，我過意把你那小紅絹蓋在臉上，妄想倩女離魂，把你變到壑雷亭下來會我！眉，你究竟怎樣了，我哪裡捨得下你，我這裡還可以現在似的自由的寫日記，你那裡怕連出神的機會都沒有，一個娘，一個丈夫，手挽手的給你造上一座打不破的牢牆，想著怎不叫人恚憤！你說「Some day God will pity us」；but will there be such a day?

昨晚把娘給我那玻璃翠戒指落了，真嚇得我！恭喜沒有掉了；我盼望有一天把小龍也檢了回來，那才真該恭喜哪。

昏昏的度日，詩意盡有，寫可寫不成，方才湊成了四節。

昨天我冒著大雨去煙霞嶺下訪桂；
南高峰在煙霞中不見；
在一家松茅鋪的屋沿前
我停步，問一個村姑今年
翁家山的丹桂沒有去年時的媚。

那村姑先對著我身上細細的端詳；
「活像個羽毛浸瘺了的鳥，」
我心裡想，她，定覺得蹊蹺，
在這大雨天單身走遠道，
倒來沒來頭的問桂花今年香不香！

「客人，你運氣不好，來得太遲又太早：
這裡就是有名的滿家弄，
往年這時候到處香得凶，
這幾天連綿的雨，外加風，
弄得這希糟，今年的早桂就算完了，」
果然這桂子林也不能給我歡喜：
枝上只見焦爛的細蕊，
看著悽慘，咳，無妄的災，
我心想，為什麼到處憔悴？——
這年頭活著不易，這年頭活著不易！
又湊成了一首——

再不見雷峰，雷峰坍成了一座大荒塚，
頂上有不少交抱的青蔥，
頂上有不少交抱的青蔥，
再不見雷峰，雷峰坍成了一座大荒塚。
發什麼感慨，對著這光陰應分的摧殘？
世上多的是不應分的變態；
世上多的是不應分的變態，
發什麼感慨，對著這光陰應分的摧殘？
發什麼感慨，這塔是鎮壓，這墳是掩埋——
鎮壓還不如掩埋來得痛快；
鎮壓還不如掩埋來得痛快，

發什麼感慨，這塔是鎮壓，這墳是掩埋！
再沒有雷峰，雷峰從此掩埋在人的記憶中，
像曾經的夢境，曾經的愛寵；
像曾經的夢境，曾經的愛寵，
再沒有雷峰，雷峰從此掩埋在人的記憶中！

（完）

志摩書信

一九二五年三月三日至五月二十七日

一

三月三日志摩臨行出國前寫給小曼女士的第一封信

小曼：

這實在是太慘了，怎叫我愛你的不難受？假如你這番深沈的冤曲有人寫成了小說故事，一定可使千百個同情的讀者滴淚，何況今天我處在這最尷尬最難堪的地位，怎禁得不咬牙切齒的恨，肝腸迸裂的痛心呢？真的太慘了，我的乖，你前生作的是什麼孽，今生要你來受這樣慘酷的報應？無端折斷一枝花，尚且是殘忍的行為，何況這生生的糟蹋一個最美最純潔最可愛的靈魂。真是太難了，你的四圍全是銅牆鐵壁，你便有翅膀也難飛，咳，眼看著一隻潔白美麗的稚羊讓那滿面橫肉的屠夫擎著利刀向著她刀刀見血的蹂躪謀殺——旁邊站著不少的看客，那羊主人也許在內，不但不動憐惜，反而稱讚屠夫的手段，好像他們都掛著饞涎想分嘗美味的羊羔哪！咳，這簡直的不能想，實有的與想像的悲慘的故事我亦聞見過不少，但我愛，你現在所身受的卻是誰都不曾想到過，更有誰有膽量來寫？我倒勸你早些看哈代那本 Jude The Obscure 吧，那書裡的女子 Sue 你一定很可同情她，哈代寫的結果叫人不忍卒讀，但你得明白作者的意思，將來有機會我對你細講。

咳，我真不知道你申冤的日子在那一天！實在是沒有一個人能明白你，不明白也算了，一班人還來絕對的冤你，阿呸，狗屁的禮教，狗屁的家庭，狗屁的社會，去你們的，青天裡白白的出太陽，這群人血管的水全是冰涼的！我現在可以放懷的對你說，我腔子裡一天還有熱血，你就一天有我的同情與幫助；我大膽的承受你的愛，珍重你的愛，永保你的愛，我如其憑愛的恩惠還能從我性靈裡放射出一絲一縷的光亮，這光亮全是你的，你盡量用吧！假如你能在我的人格思想裡發現有些須的滋養與溫暖，這也全是你的，你盡量使吧！最初我聽見人家誣衊你的時候，我就熱烈的對他們宣言，我說你們聽著，先前我不認識她，我沒有權利替她說話，現在我認識了她，我絕對的替她辯護，我敢說如其女人的心曾經有過純潔的，她的就是一個。Her heart is as pure and unsoiled as any women's heart can be; and her soul as noble. 現在更進一層了，你聽著這分別，先前我自己彷彿站得高些，我的眼是往下望的，那時我憐你惜你疼你的感情是斜著下來到你身上的，漸漸的我覺得我的看法不對，我不應得站得比你高些，我只能平看著你。我站在你的正對面，我的淚絲的光芒與你的淚絲的光芒針對的交換著，你的靈性漸漸的化入了我的，我也與你一樣覺悟了一個新來的影響，在我的人格中四布的貫徹；——現在我連平視都不敢了，我從你的苦惱與悲慘的情感裡憬悟了你的高潔的靈魂的真際，這是上帝神光的反映，我自己不由的低降了下去，現在我只能仰著頭獻給你我有限的真情與真愛，聲明我的驚訝與讚美。不錯，勇敢，膽量，怕什麼？前途當然是有光亮的，沒有也得叫他有。一個靈魂有時可以到最黑暗的地獄裡去遊行，但一點神靈的光亮卻永遠在靈魂本身的中心點著——況且你不是確信你已經找著了你的真歸宿，真想望，實現了你的夢？來，讓這偉大的靈魂的結合毀滅一切的阻礙，創造一切的價值，往前走吧，再也不必遲疑！

你要告訴我什麼，盡量的告訴我，像一條河流似的盡量把他的積聚交給天邊的大海，像一朵高爽的葵花，對著和暖的陽光一瓣瓣的展露她的祕密。你要我的安慰，你當然有我的安慰，只要我有我能給；你要什麼有什麼，我只要你做到你自己說的一句話——「Fight On」——即使運命叫你在得到最後勝利之前碰著了不可躲避的死，我的愛，那時你就死，因為死就是成功，就是勝利。一切有我在，一切有愛在。同時你努力的方向得自己認清，再不容絲毫的含糊，讓步犧牲是有的，但什麼事都有個限度，有個止境；你這樣一朵稀有的奇葩，絕不是為一對不明白的父母，一個不了解的丈夫犧牲來的。你對上帝負有責任，你對自己負有責任，尤其你對於你新發現的愛負有責任，你已往的犧牲已經足夠，你再不能輕易糟蹋一分半分的黃金光陰。人間的關係是相對的，應職也有個道理，靈魂是要救度的，肉體也不能永遠讓人家侮辱蹂躪，因為就是肉體也是含有靈性的。

總之一句話：時候已經到了，你得 Assert your own personality。你的心腸太軟，這是你一輩子吃虧的原因，但以後可再不能過分的含糊了，因為靈與肉實在是不能絕對分家的，要不然 Nora 何必一定得拋棄她的家，永別她的兒女，重新投入渺茫的世界裡去？她為的就是她自己人格與性靈的尊嚴，侮辱與蹂躪是不應得容許的。且不忙慢慢的來，不必悲觀，不必厭世，只要你抱定主意往前走，絕不會走過頭，前面有人等著你。

一九二五年三月三日 摩

二

三月四日志摩臨行出國前寫給小曼女士的第二封信

小龍：

你知道我這次想出去也不是十二分心願的，假定老翁的信早六個星期來時，我一定絕無顧戀的想法走了完事；但我的胸坎間不幸也有一個心，這個跪弱的心又不幸容易受傷，這回的傷不瞞你說又是受定的了，所以我即使走也不免咬一咬牙齒忍著些心痛的。這還是關於我自己的話；你一方面我委實有些不放心，不是別的，單怕你有限的勇氣敵不過環境的壓迫力，結果你竟許多少不免明知故犯，該走一百里路也只能走滿三四十里，這是可慮的。

龍呀：你不知道我怎樣深刻的期望你勇猛的上進，怎樣的相信你確有能力發展潛在的天賦，怎樣的私下禱祝有那一天叫這淺薄的惡俗的勢利的「一般人」開著眼驚訝，閉著眼慚愧——等到那一天實現時，那不僅你的勝利也是我的榮耀哩！聰明的小曼：千萬爭這口氣才是！我常在身旁自然多少於你有些幫助，但暫時分別也有絕大的好處，我人去了，我的思想還是在著，只要你能容受我的思想。我這回去是補足我自己的教育，我一定加倍的努力吸收可能的滋養，我可以答應你我絕不枉費我的光陰與金錢，同時我當然也期望你加倍的勤奮，認清應走的方向，做一番認真的工夫試試，我們總要隔了半年再見時彼此無愧才好。你的情形固然不同，但你如其真有深澈的覺悟時，你的生活習慣自然會得改變的，我信 F 也能多少幫助你。

我並不願意做你的專制皇帝，落後叫你害怕討厭，但我真想相當的篤飭著你，如其你過分頑皮時，我是要打的嚇！有一件事不知你能否做到，如能到是件有益而且有趣的事，我想要你寫信給我，不是平常的寫法，我要你當作日記寫，不僅記你的起居等等，並且記你的思想情感——能寄給我當然最好，就是不寄也好，留著等我回來時一總看，先生再批分數，你如其能做到這點意思，那我就高興而且放心了。同時我當然有信給你，不能怎樣的密，因為我在旅行時怕不能多寫，但我答應選我一路感到的一部分真純思想給你，總叫你得到了我的消息，至少暫時可以不感覺寂寞，好不好，曼？關於遊歷方面，我已經答應做《現代評論》的特約通訊員，大概我人到眼到的事物多少總有報告，使我這裡的朋友都能分沾我經驗的利益。

頂要緊是你得拉緊你自己，別讓不健康的引誘搖動你，別讓消極的意念過分壓迫你，你要知道我們一輩子果然能真相知真了解，我們的犧牲，苦惱與努力，也就不算是枉費的了。

摩
三月四日

三

三月十日志摩臨行出國前寫給小曼女士的第三封信

龍龍：

我的肝腸寸寸的斷了，今晚再不好好的給你一封信，再不把我的心給你看，我就不配愛你，就不配受你的愛。我的小龍呀，這實在是太難受了，我現在不願別的，只願我伴著你一同吃苦——你方才心頭一陣陣的作痛，我在旁邊只是咬緊牙關閉著眼替你熬著，龍呀，讓你血液裡的討命鬼來找著我吧，叫我眼看你這樣生生的受罪，我什麼意念都變了灰了！你吃現鮮鮮的苦是真的，叫我怨誰去？

離別當然是你今晚縱酒的大原因，我先前只怪我自己不留意，害你吃成這樣，但轉想你的苦，分明不全是酒醉的苦，假如今晚你不喝酒，我到了相當的時刻得硬著頭皮對你說再會，那時你就會舒服了嗎？再回頭受逼迫的時候，就會比醉酒的病苦強嗎？咳，你自己說的對，頂好是醉死了完事，不死也得醉，醉了多少可以自由發洩，不比死悶在心窩裡好嗎？所以我一想到你橫豎是吃苦，我的心就硬了。我只恨你不該留這許多人一起喝，人一多就糟，要是單是你與我對喝，那時要醉就同醉，要死也死在一起，醉也是一體，死也是一體，要哭讓眼淚和成一起，要心跳讓你我的胸膛貼緊在一起，這不是在極苦裡實現了我們想望的極樂，從醉的大門走進了大解脫的境界，只要我們靈魂合成了一體，這不就滿足了我們最高的想望嗎？

啊我的龍，這時候你睡熟了沒有？你的呼吸調勻了沒有？你的靈魂暫時平安了沒有？你知不知道你的愛正在含著兩眼熱淚在這深夜裡和你說話，想你，疼你，安慰你，愛你？我好恨呀，這一層的隔膜，真的全是隔膜，這彷彿是你淹在水裡掙扎著要命，他們卻擲下瓦片石塊來算是救渡你，我好恨呀！這酒的力量還不夠大，方才我站在旁邊我是完全準備了的，我知道我的龍兒的心坎兒只嚷著「我冷呀，我要他的熱胸膛偎著我，我痛呀，我要我的他摟著我，我倦呀，我要在他的手臂內得到我最想望的安息與舒服！」——

但是實際上我只能在旁邊站著看，我稍微的一幫助就受人干涉，意思說「不勞費心，這不關你的事，請你早去休息吧，她不用你管！」哼，你不用我管！我這難受，你大約也有些覺著吧！

方才你接連了叫著，「我不是醉，我只是難受，只是心裡苦，」你那話一聲聲像是鋼鐵錐子刺著我的心：憤，慨，恨，急的各種情緒就像潮水似的湧上了胸頭；那時我就覺得什麼都不怕，勇氣像天一般的高，只要你一句話出口什麼事我都幹！為你我拋棄了一切，只是本分為你我，還顧得什麼性命與名譽——真的假如你方才說出了一半句著邊際著顏色的話，此刻你我的命運早已變定了方向都難說哩！

你多美呀，我醉後的小龍，你那慘白的顏色與靜定的眉目，使我想像起你最後解脫時的形容，使我覺著一種逼迫讚美崇拜的激震，使我覺著一種美滿的和諧——龍我的至愛，將來你永訣塵俗的俄頃，不能沒有我在你的最近的邊旁，你最後的呼吸一定得明白報告這世間你的心是誰的，你的愛是誰的，你的靈魂是誰的！龍呀，你應當知道我是怎樣的愛你，你占有我的愛，我的靈，我的肉，我的「整個兒」。永遠在我愛的身旁旋轉著，永久的纏繞著，真的龍龍，你已經激動了我的痴情。我說出來你不要怕，我有時真想拉你一同情死去，去到絕對的死的寂滅裡去實現完全的愛，去到普遍的黑暗裡去尋求唯一的光明——咳，今晚要是你有一杯毒藥在近旁，此時你我竟許早已在極樂世界了。說也怪，我真的不沾戀這形式的生命，我只求一個同伴，有了同伴我就情願欣欣的瞑目；龍龍，你不是已經答應做我永久的同伴了嗎？我再不能放鬆你，我的心肝，你是我的，你是我這一輩子唯一的成就，你是我的生命，我的詩；你完全是我的，一個個細胞都是我的——你要說半個不字叫天雷打死我完事。

我在十幾個鐘頭內就要走了，丟開你走了，你怨我忍心不是？我也自認我這回不得不硬一硬心腸，你也明白我這回去是我精神的與知識的「散拿吐瑾」。我受益就是你受益，我此去得加倍的用心，你在這時期內也得加倍的奮鬥，我信你的勇氣這回就是你試驗，實證你勇氣的機會，我人雖走，我的心不離開你，要知道在我與你的中間有的是無形的精神線，彼此的悲歡喜怒此後是會相通的，你信不信？（身無彩鳳雙飛翼，心有靈犀一點通。）我再也不必囑咐，你已經有了努力的方向，我預知你一定成功，你這回衝鋒上去，死了也是成功！有我在這裡，阿龍，放大膽子，上前去吧，彼此不要辜負了，再會！

摩

三月十日早三時

我不願意替你規定生活，但我要你注意轡子一次拉緊了是松不得的，你得咬緊牙齒暫時對一切的遊戲娛樂應酬說一聲再會，你甘脆的得謝絕一切的朋友。你得澈底的刻苦，你不能縱容你的Whims，再不能管閒事，管閒事空惹一身騷；也再不能發脾氣。記住，只要你耐得住半年，只要你決意等我，回來時一定使你滿意歡喜，這都是可能的；天下沒有不可能的事——只要你有信心，有勇氣，腔子裡有熱血，靈魂裡有真愛。龍呀！我的孤注就押在你的身上了！

再如失望，我的生機也該滅絕了，

最後一句話：只有S是唯一有益的真朋友。

三月十日早

四

三月十一日離京赴歐途中在奉天寄給小曼女士的信

方才無數美麗的雅緻的信籤都叫你們搶了去，害我一片紙都找不著，此刻過西北時寫一個字條給丁在君是撕下一張報紙角來寫的，你看這多窘；幸虧這位先生是丁老夫子的同事，說來也是熟人，承他作成，翻了滿箱子替我尋出這幾張紙來，要不然我到奉天前只好擱筆，筆倒有，左邊小口袋內就是一排三支。

方才那百子放得惱人，害得我這鐵心漢也覺著又些心酸，你們送客的有掉眼淚的沒有？(啊啊臭美！)小曼，我只見你雙手掩著耳朵，滿面的驚慌，驚了就不悲，所以我推想你也沒掉眼淚。但在滿月夜分別，咳！我孤孤單單的一揮手，你們全站著看我走，也不伸手來拉一拉，樣兒也不裝裝，真可氣。我想送我的裡面，至少有一半是巴不得我走的，還有一半是「你走也好，走吧。」車出了站，我獨自的晃著腦袋，看天看夜，稍微有些難受，小停也就好了。

我倒想起去年五月間那晚我離京向西時的情景：那時更淒愴些，簡直的悲，我站在車尾巴上，大半個黃澄澄的月亮在東南角上升起，車輪閣的閣的響著，W還大聲的叫「徐志摩哭了」（不確）；但我那時雖則不曾失聲，眼淚可是有的。怪不得我，你知道我那時怎樣的心理，彷彿一個在俄國吃了大敗仗往後退的拿破崙，天茫茫，地茫茫，心更茫茫，叫我不掉眼淚怎麼著？但今夜可不同，上次是向西，向西是追落日，你碰破了腦袋都追不著，今晚是向東，向東是迎朝日，只要你認定方向，伸著手膀迎上去，遲早一輪旭紅的朝日會得湧入你的懷中的。這一有希望，心頭就痛快，暫時的小悱惻也就上口有味。半酸不甜的，生滋滋的像是啃大鮮果，有味！

娘那裡真得替我磕腦袋道歉，我不但存心去恭恭敬敬的辭行，我還預備了一番話要對她說哪，誰知道下午六神無主的把她忘了，難怪令尊大人相信我是荒唐，這還不夠荒唐嗎？你替我告罪去，我真不應該，你有什麼神通，小曼，可以替我「包荒」？

天津已經過了，（以上是昨晚寫的，寫至此，倦不可支，閉目就睡，睡醒便坐著發呆的想，再隔一兩點鐘就過奉天了。）韓所長現在車上，真巧，這一路有他同行，不怕了。方才我想打電話，我的確打了，你沒有接著嗎？往窗外望，左邊黃澄澄的土直到天邊，右邊黃澄澄的地直到天邊；這半天，天色也不清明，叫人看著生悶。方才遙望錦州城那座塔，有些像西湖上那座雷峰，像那倒坍了的雷峰，這又增添了我無限的惆悵。但我這獨自的吁嗟，有誰聽著來？

你今天上我的屋子裡去過沒有？希望沈先生已經把我的東西收拾起來，一切零星小件可以塞在那兩個手提箱裡，沒有鑰匙，貼上張封條也好，存在社裡樓上我想夠妥當了。還有我的書頂好也想法子點一點。你知道我怎樣的愛書，我最恨叫人隨便拖散，除了一兩個我准許隨便拿的（你自己一個）之外，一概不許借出，這你得告訴沈先生。到少得過一個多月才能盼望看你的信，這還不是刑罰！你快寫了寄吧，別忘 Via Siboria，要不是一信就得走兩個月。

志摩

星二奉天

五

三月十二日出國途中在哈爾濱寄給小曼女士的信

叫我寫什麼呢？咳！今天一早到哈，上半天忙著換錢，一個人坐著吃過兩塊糖，口裡怪膩煩的，心裡不很好過。國境不曾出，已經是舉目無親的了，再下去益發悽慘，趕快寫信吧，乾悶著也不是道理。但是寫什麼呢？寫感情是寫不完的還是寫事情的好。

日記大綱

星一松樹胡同七號分臟，車站送行百子響，小曼掩耳朵。

星二睡至十二時正，飯車裡碰見老韓，夜十二時到奉天，住日本旅館。

星三早上大雪繽紛，獨坐洋車進城閒逛，三時與韓同行去長春。車上賭紙牌，輸錢，頭痛。看兩邊雪景，一輪日。夜十時換俄國車吃美味檸檬茶。睡著小涼，出涕。

星四早到哈，韓待從甚盛。去懋業銀行，予猶太鬼換錢買糖，吃飯，寫信。

韓事未了，須遲一星期。我先走，今晚獨去滿洲裡，後日即入西伯利亞了。這次是命定不得同伴，也好，可以省唾液，少談天，多想，多寫，多讀。真倦，才在沙發上入夢，白天又沉西，距車行還有六個鐘頭叫我幹什麼去？

說話一不通，原來機靈人，也變成了木鬆鬆。我本來就靈機，這來去俄國真像呆徒了。今早撞進一家糖果鋪去，一位賣糖的姑娘黃頭髮白圍裙，來得標緻；我曉風裡進來，本有些凍嘴，見了她爽性楞住了，楞了半天，不得要領，她都笑了。

不長鬍子真吃虧，問我那兒來的，我說北京大學，誰都拿我當學生看。今天早上在一家錢鋪子裡一群猶太人，圍著我問話，當然只當我是個小孩，後來一見我護照上填著「大學教授」，他們一齊吃驚，改容相待，你說不有趣嗎？我愛這兒尖屁股的小馬車，頂好要一個戴大皮帽的大俄鬼子趕，這滿街亂跳，什麼時候都可以翻車，看了真有意思，坐著更好玩。中午我闖進一家俄國飯店去，一大群塗脂抹粉的俄國女人全抬起頭看我，嚇得我直往外退出門逃走了。我從來不看女人的鞋帽，今天居然看了半天，有一頂紅的真俏皮。尋書鋪，不得。我只好寄一本糖書去，糖可真壞，留著那本書吧。這信遲四天可以到京，此後就遠了，好好的自己保重吧，小曼，我的心神搖搖的彷彿不曾離京，今晚可以見你們似的，再會吧！

摩

三月十二日

六

三月十四日在滿洲裡途中寄回小曼女士的信

小曼：

昨夜過滿洲裡，有馮定一招呼，他也認識你的。難關總算過了，但一路來還是小心翼翼的只怕「紅先生」們打進門來麻煩，多謝天，到現在為止，一切平安順利。今天下午三時到赤塔，也有朋友來招呼，這國際通車真不壞，我運氣特別好，獨自一間大屋子，舒服極了。我閉著眼想，假如我有一天與「她」度蜜月，就這西伯利亞也不壞；天冷算什麼？心窩裡熱就夠了！路上飲食可有些麻煩，昨夜到今天下午簡直沒東西吃，我這茶桶沒有茶灌頂難過，昨夜真餓，翻箱子也翻不出吃的來，就只陳博生送我的那罐福建肉鬆伺候著我，但那乾束束的，也沒法子吃。想起倒有些怨你青果也不曾給我買幾個；上床睡時沒得睡衣換，又得怨你那幾天你出了神，一點也不中用了。但是我絕不怪你，你知道，我隨便這麼說就是了。

同車有一個義大利人極有趣，很談得上。他的鬍子比你頭髮多得多，他吃菸的時候我老怕他著火，德國人有好幾個，蠢的多，中國人有兩個（學生），不相干。英美法人一個都沒有。再過六天，就到莫斯科，我還想到彼得堡去玩哪！這回真可惜了，早知道西伯利亞這樣容易走，我理清一個提包，把小曼裝在裡面帶走不好嗎？不說笑話，我走了以後你這幾天的生活怎樣的過法?我時刻都惦記著你,你趕快寫信寄英國吧,要是我人到英國沒有你的信,那我可真要怨了。你幾時搬回家去,既然決定搬,早搬為是,房子收拾整齊些,好定心讀書做事。這幾天身體怎樣?散拿吐瑾一定得不間斷的吃,記著我的話!心跳還來否?什麼細小事情都願意你告訴我,能定心的寫幾篇小說,不管好壞,我一定有獎。你見著的是那幾個人,戲看否?早上什麼時候起來,都得告訴我。我想給晨報寫通信,老是提心不起,火車裡寫東西真不容易,家信也懶得寫,可否懇你的情,常常為我轉告我的客中情形,寫信寄浙江硤石徐申如先生。說起我臨行忘了一本金冬心梅花冊,他的梅花真美,不信我畫幾朵你看。

摩

三月十四日

七

三月十八日赴歐途中在俄國西伯利亞鐵路寄給小曼女士的信

小曼：

好幾天沒信寄你，但我這幾天真是想家的厲害。每晚（白天也是的）一閉上眼就回北京，什麼奇怪的花樣都會在夢裡變出來。曼，這西伯利亞的充軍，真有些兒苦，我又暈車，看書不舒服，寫東西更煩，車上空氣又壞，東西也難吃，這真是何苦來。同車的人不是帶著家眷便是回家去的，他們在車上多過一天便離家近一天，就只我這傻瓜甘心拋去暖和熱鬧的北京，到這荒涼境界裡來叫苦！

再隔一個星期到柏林，又得對付她了；小曼，你懂得不是？這一來柏林又變了一個無趣味的難關，所以總要到義大利等著老頭以後，我才能鼓起遊興來玩；但這單身的玩，興趣終是有限的，我要是一年前出來，我的心裡就不同，那時倒是破釜沈舟的決絕，不比這一次身心兩處，夢魂都不得安穩。

但是曼，你們放心，我絕不頹喪，更不追悔，這次歐遊的教育是不可少的，稍微吃點子苦算什麼，那還不是應該的。你知道我並沒有多麼不可動搖的大天才，我這兩年的文字生活差不多是逼出來的，要不是私下裡吃苦，命途上顛僕，誰知道我靈魂裡有沒有音樂？安樂是害人的，像我最近在北京的生活是不可以為常的，假如我新月社的生活繼續下去，要不了兩年，徐志摩不墮落也墮落了，我的筆尖上再也沒有光芒，我的心上再沒有新鮮的跳動，那我就完了——「泯然眾人矣」！到那時候我一定自慚形穢，再也不敢謬托誰的知己，竟許在政治場中鬼混，塗上滿面的窯煤——咳，那才叫做出醜哩！要知道墮落也得有天才，許多人連墮落都不夠資格。我自信我夠，所以更危險。因此我力自振拔，這回出來清一清頭腦，補足了我的教育再說——愛我的，期望我成才的，都好像是我的恩主，又像債主，我真的又感激又怕他們！小曼，你也得盡你的力量幫助我望清明的天空上騰，謹防我一滑足陷入泥深潭，從此不得救度。小曼，你知道我絕對不慕榮華，不羨名利，——我只求對得起我自己。

將來我回國後的生活，的確是問題，照我自己理想，簡直想丟開北京，你不知道我多麼愛山林的清靜。前年我在家鄉山中，去年在廬山時，我的性靈是天天新鮮天天活動的。創作是一種無上的快樂，何況這自然而然像山溪似的流著——我只要一天出產一首短詩，我就滿意。所以我很想望歐洲回去後到西湖山裡（離家近些）去住幾時。但須有一個條件，至少得有一個人陪著我；在山林清幽處與一如意友人共處——是我理想的幸福，也是培養，保全一個詩人性靈的必要生活，你說是否，小曼？

朋友像S.M他們，固然他們也很愛我器重我，但他們卻不了解我——他們期望我做一點事業，譬如要我辦報等等，但他們那能知道我靈魂的想望？我真的志願，他們永遠端詳不到的。男朋友裡真望我的，怕只有B.一個，女友裡S.是我一個同志，但我現在只想望「她」能做我的伴侶，給我安慰，給我快樂，除了「她」這茫茫大地上叫我更問誰要去？

這類話暫且不提，我來講些車上的情形給你聽聽。——我上一封信上不是說在這國際車上我獨占一大間臥室舒服極了不是？好，樂極生悲，昨晚就來了報應！昨夜到一個大站，那地名不知有多長，我怎樣也念不上來。未到以前就有人來警告我說前站有兩個客人上車，你的獨占得滿期了。我就起了恐慌，去問那和善的老車役，他張著口對我笑笑說，「不錯，有兩個客人要到你房裡，而且是兩位老太太」！（此地是男女同房的，不管是誰！）我說你不要開玩笑，他說「那你看著，要是老太太還算是你的幸氣，在這樣荒涼的地方，哪裡有好客人來。」過了一程，車到了站。我下去散步回來，果然，房間裡有了新來的行李，一隻帆布提箱，兩大鋪蓋，一隻篋籃裝食物的，我看這情形不對，就問間壁房裡人來了些什麼客人，間壁住了肥美的德國太太，回答我「來人不是好對付的，先生這回怕要受苦了！」不像是好對付的，唉？來了，兩位，一矮，一高，矮的青臉，高的黑臉，青的穿黑，黑的穿青，一個像老母鴨，一個像貓頭鷹，衣襟上都帶著列寧小照的御章，分明是紅黨裡的將軍！

我馬上陪笑臉，湊上去說話，不成，高的那位只會三句英語，青臉的那位一字不提，說了半天，不得要領。再過一歇，他們在飯廳裡，我回房，老車役進來鋪床，他就笑著問我，「那兩位老太太好不好？」我恨恨的說，「別趣了，我真著急，不知來人是什麼路道？」正說時，他掀起一個墊子，露出兩柄明晃晃上足子彈的手槍，他就拿在手裡，一頭笑著說「你看，他們就是這個路道！」

今天早上醒來，恭喜我的頭還是好好的在我的脖子上安著。小曼，你要看了他們兩位好漢的尊容，準嚇得你心跳，渾身抖擻！俄國的東西貴死了，可恨！車裡飯壞的不成話，貴的更不成話，一杯可可五毫錢像泥水，還得看葸者大爺們的嘴臉！地方是真冷，絕不是人住的！一路風景可真美，我想專寫一封晨報通信，講西伯利亞。

小曼，現在我這裡下午六時，北京約在八時半，你許正在吃飯，同誰？講些什麼？為什麼我聽不見？咳！我恨不得——不寫了。一心只想到狄更生那裡看信去！

志摩

三月十八日 Omsk

八

三月二十六日在柏林寄給小曼女士的信

小曼：

柏林第一晚。一時半。方才送C女士回去，可憐不幸的母親，三歲的小孩子只剩了一撮冷灰，一週前死的。她今天掛著兩行眼淚等我，好不悽慘；只要早一週到，還可見著可愛的小臉兒，一面也不得見，這是那裡說起？他人緣到有，前天有八十人送他的殯，說也奇怪，凡是見過他的，不論是中國人德國人，都愛極了他，他死了街坊都出眼淚，沒一個不說的不曾見過那樣聰明可愛的孩子。曼，你也沒福，否則你也一定樂意看見這樣一個孩兒的——他的相片明後天寄去，你為我珍藏著吧。真可憐，為他病也不知有幾十晚不曾闔眼，瘦得什麼似的，她到這時還不能相信，昏昏的只似在夢中過活。小孩兒的保姆比她悲傷更切。她是一個四十左右的老姑娘，先前愛上了一個人，不得回音，足足的痴了這六七年，好容易得著了寶貝，容受他母性的愛；她整天的在他身上用心盡力，每晚每早為他禱告，如今兩手空空的，兩眼汪汪的，連禱告都無從開口，因為上帝待她太慘酷了。我今天趕來哭他，半是傷心，半是慘目，也算是天罰我了。

唉！家裡有電報去，堂上知道了更不知怎樣的悲慘，急切又沒有相當人去安慰他們，真是可憐！曼！你為我寫封信去吧，好麼？聽說老谷爾也在南方病著，我趕快得去，回頭老人又有什麼長短，我這回到歐洲來，豈不是老小兩空！而且我深怕這兆頭不好呢。

C可是一個有志氣有膽量的女子，她這兩年來進步不少，獨立的步子已經站得穩，思想確有通道，這是朋友的好處，老K的力量最大，不亞於我自己的。她現在真是「什麼都不怕」，將來準備丟幾個炸彈，驚驚中國鼠膽的社會，你們看著吧！

柏林還是舊柏林，但貴賤差得太遠了，先前化四毛現在得化六元八元，你信不信？

小曼，對你不起，收到這樣一封悲慘乏味的信，但是我知道你一定生氣我補這句話，因為你是最柔情不過的，我掉眼淚的地方你也免不了掉，我悶氣的時候你也不免悶氣，是不是？

今晚與 C 看茶花女的樂劇解悶，悶卻並不解。明兒有好戲看，那是蕭伯納的 Jeanne D'arc，柏林的咖啡（叫 Macca）真好，Peach Melba 也不壞，就是太貴。

今年江南的春梅都看不到，你多多寄些給我才是！

志摩
三月廿六日

九

四月十日在倫敦寄給小曼女士的信

小曼：

我一個人在倫敦瞎逛，現在在「採花樓」一個人喝烏龍茶等吃飯。再隔一點鐘，去看 John Barrymore 的 Hamlet。這次到英國來就為看戲。你要一時不得我的信，我怕你有些著急，我也不知怎的總是懶得動筆，雖則我沒有一天不想把那天的經驗整個兒告訴你。說也奇怪，我還是每晚做夢迴北京，十次裡有九次見著你，每次的情形，總令人難過。真的。像C他們說我只到歐洲來了一雙腿，「心」有別用的，還說腸胃都不曾帶來，因為我胃口不好！你們那裡有誰做夢會見我的魂沒有？我也願意知道。我到現在還不曾接到中國來的半個字；怕掉了，我真著急。我想別人也許沒有信，小曼你總該有，可是到那一天才能得到你的信我自己都不知道！我這次來一路上墳送葬，惘惘極了，我有一天想立刻買票到印度去還了願心完事；又想立刻回頭趕回中國，也許有機會與你一同到小林深處過夏去，強如在歐洲做流氓。其實到今天為止我也是沒有想定要流到哪裡去，感情是我的指南，衝動是我的風！

這是永遠是今日不知明日事的辦法。印度我總得去，老頭在不在我都得去。這比菩薩面前許不得願心，還要緊。照我現在的主意竟是至遲六月初動身到印度，八九月間可回國，那就快樂了。

我前晚到倫敦的，這裡大半朋友全不在，春假旅行去了。只見著那美術家 **Roger Fry** 翻中國詩的 **Arther Waley**。昨晚我住在他那裡，今晚又得做流氓了。今天看回了戲，明早就是黎張女士等著要跟我上義大利玩去，我們打算先玩威尼斯，再去佛洛倫與羅馬，她只有兩星期就得回柏林去上學，我一個人還得往南：想到 Sicily 去洗澡，再回頭來。我這一時一點心的平安都沒有，煩極了，「先生」那裡信也一封沒有著筆，詩半行也沒有——如其有什麼可提的成績，也許就只晚上的夢，那到不少，並且多的是花樣，要是有法子理下來時，早已成書了。

這回旅行太糟了，本來的打算多如意多美，泰谷爾一跑，我就沒了落兒，我到不怨他，我怨的他的書記那恩厚之小鬼，一面催我出來，一面讓老頭回去，也不給我個消息，害我白跑一趟。同時他到舒服，你知道他本來是個不名一文的光棍，現在可大抖了，他做了 Mrs. Willard 的老爺，她是全世界最富女人的一個，在美國頂有名的。這小鬼不是平地一聲雷，腦袋上都裝了金了嗎？我有電報給他，已經四天了，也不得回電，想是在蜜月裡蜜昏了，那曾得我在這兒空宕。

小曼你近來怎樣？身體怎樣？你的心跳病我最怕，你知道你每日一發病，我的心好像也掉了下去似的。近來發不發？我盼望不再來了。你的心緒怎樣？這話其實不必問，不問我也猜著。真是要命，這距離不是假的，一封信來回，至少的四十天，我問話也沒有用，還不如到夢裡去問吧！說起現在無線電的應用真是可驚，我在倫敦可以聽到北京飯店禮拜天下午的音樂或是舊金山市政所裡的演說，你說奇不奇？現在德國差不多每家都裝了聽音機，就是限制（每天報什麼時候聽什麼）並且自己不能發電，將來我想無線電話有了普遍的設備，距離與空間就不成問題了。

比如我在倫敦，就可以要北京電話，與你直接談天你說多美！

在曼殊斐兒墳前寫的那張信片到了沒有？我想另做一首詩。

但是你可知道她的丈夫已經再娶了，也是一個有錢的女人。那雖則沒有什麼，曼殊斐兒也不會見怪，但我總覺得有些尷尬，我的東道都輸了。你那篇 Something Childish 改好沒有？近來做些什麼事？英國寒伧的很，沒有東西寄給你，到了義大利再寄好玩兒的給你，你乖乖的等著吧！

摩

四月十日倫敦

十一

六月二十五日在巴黎寄給小曼女士的信

我唯一的愛龍，你真得救我了！我這幾天的日子也不知怎樣過的，一半是痴子，一半是瘋子，整天昏昏的，惘惘的，只想著我愛你，你知道嗎？早上夢醒來，套上眼鏡，衣服也不換就到樓下去看信——照例是失望，那就好比幾百斤的石子壓上了心去，一陣子悲痛，趕快回頭躲進了被窩，抱住了枕頭叫著我愛的名字，心頭火熱的渾身冰冷的，眼淚就冒了出來，這一天的希冀又沒了。說不出的難受，恨不得睡著從此不醒，做夢到可以自由些。龍呀，你好嗎？為什麼我這心驚肉跳的一息也忘不了你，總覺得有什麼事不曾做妥當或是你那裡有什麼事似的。龍呀，我想死你了，你再不救我，誰來救我？為什麼你信寄得這樣稀，筆這樣懶？我知道你在家忙不過來，家裡人煩著你，朋友們煩著你，等得清靜的時候你自己也倦了；但是你要知道你那裡日子過得容易，我這孤鬼在這裡，把一個心懸在那裡收不回來，平均一個月盼不到一封信，你說能不能怪我抱怨？龍呀，時候到了，這是我們，你與我，自己顧全自己的時候，再沒有工夫去敷衍人了。現在時候到了，你我應當再也不怕得罪人——哼，別說得罪人，到必要時天地都得搗爛他哪！

龍呀，你好嗎？為什麼我心裡老是這怔怔的？我想你親自給我一個電報，也不曾想著——我倒知道你又做了好幾身時式的裙子！你不能忘我，愛，你忘了我，我的天地都昏黑了。你一定罵我不該這樣說話，我也知道，但你得原諒我，因為我其實是急慌了。（昨晚寫的墨水乾了所以停的。）

Z走後我簡直是「行屍走肉」，有時到賽因河邊去看水，有時到清涼的墓園裡默想。這裡的中國人，除了老K都不是我的朋友，偏偏老K整天做工，夜裡又得早睡，因此也不易見著他。昨晚去聽了一個 Opera 叫 Tristan et Isolde。音樂，唱都好，我聽著渾身只發冷勁，第三幕 Tristan 快死的時候，Iso從海灣裡轉出來拼了命來找她的情人，穿一身淺藍帶長袖的羅衫——我只當是我自己的小龍，趕著我不曾脫氣的時候，來摟抱我的軀殼與靈魂——那一陣子寒冰刺骨似的冷，我真的變了戲裡的 Tristan 了！

那本戲是最出名的「情死」劇 Love Death，Tristan 與 Isolde 因為不能在這世界上實現愛，他們就死，到死裡去實現更絕對的愛，偉大極了，猖狂極了，真是「驚天動地」的概念，「驚心動魄」的音樂。龍，下回你來，我一定伴你專看這戲，現在先寄給你本子，不長，你可以先看一遍。你看懂這戲的意義，你就懂得戀愛最高，最超脫，最神聖的境界；幾時我再與你細談。

龍兒，你究竟認真看了我的信沒有？為什麼回信還不來？你要是懂得我，信我，那你絕不能再讓你自己多過一半天糊塗的日子；我並不敢逼迫你做這樣，做那樣，但如果你我間的戀情是真的，那它一定有力量，有力量打破一切的阻礙；即使得度過死的海，你我的靈魂也得結合在一起——愛給我們勇，能勇就是成功，要大拋棄才有大收成，大犧牲的決心是進愛境唯一的通道。我們有時候不能因循，不能躲懶，不能姑息，不能縱容「婦人之仁」。現在時候到了，龍呀，我如果往虎穴裡走（為你），你能不跟著來嗎？

我心思雜亂極了，筆頭上也說不清，反正你懂就好了，話本來是多餘的。

你決定的日子就是我們理想成功的日子——我等著你的信號，你給W看了我給你的信沒有？我想從後為是，尤是這最後的幾封信，我們當然不能少他的幫忙，但也得謹慎，他們的態度你何不講給我聽聽。

照我的預算在三個月內（至多）你應該與我一起在巴黎！

你的心他
六月廿五日

十一

五月二十七日在斐倫翠寄給小曼女士的信

小曼：

W的回電來後，又是四五天了，我早晚憂巴巴的只是盼著信，偏偏信影子都不見，難道你從四月十三寫信以後，就沒有力量提筆？W的信是二十三，正是你進協和的第二天，他說等「明天」醫生報告病情，再給我寫信，只要他或你自己上月寄出信，此時也該到了，真悶煞人！

回電當然是個安慰，否則我這幾天那有安靜日子過？電文只說「一切平安」，至少你沒有危險了是可以斷定的，但你的病情究竟怎樣？進院後醫治見效否？此時已否出院？已能照常行動否？我都急得要知道，但急偏不得知道，這多彆扭！

小曼：這回苦了你，我想你病中一定特別的想念我，你哭了沒有？我想一定有的，因為我在這裡只要上床一時睡不著，就叫曼，曼不答應我，就有些心酸，何況你在病中呢？早知你有這場病，我就不應離京，我老是怕你病倒，但是總希望你可以逃過，誰知你還是一樣吃苦，為什麼你不等著我在你身邊的時候生病？

這話問的沒理，我知道我也不一定會得侍候病人，但是我真想倘如有機會伴著你養病，就是樂趣。你枕頭歪了，我可以替你理正，你要水喝，我可以拿給你，你不厭煩我唸書給你聽，你睡著了我輕輕的掩上了門，有人送花來我給你裝進瓶子去；現在我沒福享受這種想像中的逸趣，將來或許我病倒了，你來伴我也是一樣的。你此番病中有誰侍候著你？娘總常常在你身邊，但她也得管家，朋友中大約有些人是常來的，你病中感念一定很多，但不想也就忘了。

近來不說功課，不說日記，連信都沒有，可見你病得真乏了。你最後倚病勉強寫的那兩封信，字跡潦草，看出你腕勁一些也沒有，真可憐，曼呀，我那時真著急，簡直怕你死，你可不能死，你答應為我活著。你現在又多了一個仇敵——病，那也得你用意志力來奮鬥的，你究竟年輕，你的傷損容易養得過來的，千萬不要過於傷感。病中面色是總不好看的，那也沒法，你就少照鏡子，等精神回來的時候，再自己看自己也不遲。你現在雖則瘦，還是可以回覆你的豐腴的，只要你生活根本的改樣。我月初連著寄的長信，應該連續的到了，但你的回信不知要到什麼時候才來？想著真急。據有人說娘疑心我的信激成你的病的，所以常在那裡查問我；我的信不會丟漏的麼？我盼望寄你的信只有你看見再沒有第二人看，不是看不得，是不願意叫人家隨便講閒話，是真的。但你這回可真得堅決了，我上封信要你跟W來歐，你仔細想過沒有？這是你一生的一個大關鍵。俗語說的快刀斬亂絲，再痛快不過的。我不願意你再有躊躇，上帝幫助能自助的人，只要你站起來就有人在你前面領路。W真是「解人」，要不是他，豈不是我你在兩地著急，叫天天不應的多苦；現在有他做你的紅娘，你也夠放心，我真盼望你們倆一共到歐洲來，我一定請你們喝香檳接風，有好消息時，最好打電報來就可以。B在瑞士，月初或到斐倫翠來，我們許同遊歐洲再報告你。盼望你早已健全，我永遠在你的身邊，我的曼。

摩

五月二十六日

小曼日記

一九二五年三月十一日至七月十一日

三月十一日

一個月之前我就動了寫日記的心，因為聽得「先生」們講各國大文豪寫日記的趣事，我心裡就決定來寫一本玩玩，可是我不記氣候，不寫每日身體的動作，我只把我每天的內心感想，不敢向人說的，不能對人講的，藉著一支筆和幾張紙來留一點痕跡。不過想了許久老沒有實行，一直到昨天摩叫我當信一樣的寫，將我心裡所想的，不要遺漏一字的都寫了上去，我才決心如此的做了，等摩回來時再給他當信看。這一下我倒有了生路了，本來我心裡的痛苦同愁悶一向逼悶在心裡的，有時候真逼得難受，說又沒有地方去說；以後可好了，我真感謝你，借你的力量我可以一洩我的冤恨，鬆一鬆我的胸襟了。以後我想寫甚麼就可以寫甚麼，反正寫出來也不礙事，不給別人看就是了。本來人的思想往往會一忽兒就跑去的，想過就完，現在我可要留住它了，不論甚麼事想著就寫，只要認定一個「真」字，以前的一切我都感覺到假，為甚麼一個人先要以假對人呢？大約為的是有許多真的話說出來反要受人的譏笑，招人的批評，所以嚇得一般人都迎著假的往前走，結果真純的思想反讓假的給趕走了。我若再不遇著摩，我自問也要變成那樣的，自從我認識了你的真，摩，我自己羞愧死了，從此我也要走上「真」的路了。希望你能幫助我，志摩。

昨天摩出國，我本不想去車站送他，可是又不能不去，在人群中又不能流露出十分難受的樣子，還只是笑嘻嘻的談話；恍惚滿不在意似的。在許多人的目光之下，又不能容我們單獨的講幾句話，這時候我又感覺到假的可惡，為甚麼要顧慮這許多，為甚麼不能要說甚麼就說甚麼呢？我幾次想離開眾人，過去說幾句真話，可是說也慚愧，平時的決心和勇氣，不知都往那裡跑了，只會淚汪汪的看著他，連話都說不出口來。自己急得罵我自己，再不過去說話，車可要開了；那時我卻盼望他能過來帶我走出眾人眼光之下，說幾句最後的話，誰知他也是一樣的沒有勇氣。一雙淚汪汪的眼睛只對著我發怔，我明知道他要安慰我，要我知道他為甚麼才棄我遠去，他有許多許多的真話，真的意思，都讓社會的假給碰回去了，便只好大家用假話來敷衍。那時他還走過來握我的手，我也只能苦笑著對他說「一路順風」。我底頭不敢向他看，也不敢向別人看，一直到車開，我還看見他站在車頭上向我們送手吻（我知道一定是給我一個人的）。我直著眼看，只見他的人影一點一點糊塗起來，我眼前好像有一層東西隔著，慢慢的連人影都不見了，心裡也說不出是甚麼味兒，好像一點知覺都沒有了似的，一直等到耳邊有人對我說：「不要看了，車走遠了，」我才像夢醒似的回頭看見人家多在向著我笑，我才很無味的回頭就走。走進車子才知道我身旁還有一個人坐著。他冷冷對我說，「為甚麼你眼睛紅了？哭麼？」咳！他明知我心裡有說不出的難受，還要假意兒問我，嘔我；我知道他樂了，走了我的知己，他還不樂？

回家走進了屋子，四面都露出一種冷清的靜，好像連鐘都不走了似的，一切都無聲無嗅了。我坐到書桌上，看見他給我的信，東西，日記，我拿在手裡發怔，也不敢去看，也不想開口，只是呆坐著也不知道自己要做點甚麼才好。在這靜默空氣裡我反覺得很有趣起來，我希望永遠不要有人來打斷我的靜，讓我永遠這樣的靜坐下去。

昨天家裡在廣濟寺做佛事，全家都去的，我當然是不能少的了，可是這幾天我心裡正在說不出的難過，還要我去酬應那些親友們，叫我怎能忍受？沒有法子，得一個機會我一個人躲到後邊大院裡去清靜一下。走進大院看見一片如白晝的月光，照得欄杆，花，木，石桌，樣樣清清楚楚，靜悄悄的一個人都沒，可愛極了。那一片的靜，真使人能忘卻了一切的一切，我那時也不覺得怕了，一個人走過石橋在欄杆上坐著，耳邊一陣陣送過別院的經聲，鐘聲，禪聲，那一種音調真淒涼極了。我到那個時光，幾天要流不敢流的眼淚便像潮水般的湧了出來，我哭了半天也不知是哭的甚麼，心裡也如同一把亂麻，無從說起。

今天早晨他去天津了。我上了三個鐘頭的課，先生給我許多功課，我預備好好的做起來。不過這幾天從摩走後，這世界好像又換了一個似的，我到東也不見他那可愛的笑容，到西也不聽見他那柔美的聲音，一天到晚再也沒有一個人來安慰我，真覺得做人無味極了，為甚麼一切事情都不能遂心適意呢？隨處隨地都有網包圍著似的，使得手腳都伸不開，真苦極了。想起摩來更覺惆悵，現在不知道已經走到甚麼地方了，也許已過哈爾濱了吧。昨晚廟裡回來就睡下，閉著眼細細回想在廟後大院子裡得著的那一忽兒清閒，連回味都是甜的。像我現在過的這種日子，精神上，肉體上，同時的受著說不出的苦，不要說不能得著別人一點安慰與憐惜，就是單要求人家能明白我，了解我，已是不容易的了！

今天足足的忙了一天，早晨做了一篇法文，出去買了畫具，飯後陳先生來教了半天，說我一定能進步得快，倒也有趣。晚飯時三伯母等來請我去吃飯，M.L. 也來相約，我都回絕她們了，因為我只想一個人靜靜的坐坐，況且我還要給摩寫信。在燈下不知不覺的就寫了九張紙，還是不能盡意，薄薄的幾張紙能寫得上多少字呢？

臨睡時又看了幾張摩的日記，不覺又難受了半天。可嘆我自小就是心高氣傲，想享受別的女人不大容易享受得到的一切，而結果現在反成了一個一切都不如人的人。其實我不羨富貴，也不慕榮華，我只要一個安樂的家庭，如心的伴侶，誰知連這一點要求都不能得到，只落得終日裡孤單的，有話都沒有人能講，每天只是強自歡笑的在人群裡混。又因為我不願意叫人家知道我現在是不快樂，不如意，所以我裝著是個快樂的人，我明知道這種辦法是不長久的，等到一旦力盡心疲，要再裝假也沒有力氣了，人家不是一樣會看出來的麼？所幸現在已有幾個知己朋友們知道我，明白我，最知我者當然是摩！他知道我，他簡直能真正的了解我，我也明白他，我也認識他是一個純潔天真的人，他給我的那一片純潔的愛，使我不能不還給他一個整個的圓滿的永沒有給過別人的愛的。

三月十四日

昨天忙了一天，起身就叫娘來趕了去，叫我陪她去醫院，可是幾件事一做，就晚了來不及去了。吃了飯回家寫了一封信給摩，下午S來談話，兩人不知不覺說到晚上十一點才走，大家有相見恨晚的感想，痛快得很。

三月十七日

可恨昨天才寫得有趣的時候，他忽然的回來了。我本想一個人舒舒服服的過幾晚清閒的晚上的，藉著筆發洩發洩心裡的愁悶，誰知又不能如願。WC都來過，也無非是大家瞎談一陣閒話，一無可記的，倒是前天S.的幾句話，引起我無限的悵惘。我現在正好比在黑夜裡的舟行大海，四面空闊無邊，前途又是茫茫的不知何日才能達到目的地，也許天空起了雲霧，吹起狂風降下雷雨將船打碎沉沒海底永無出頭之日；也許就能在黑霧中走出個光明的月亮，送給黑沉沉的大海一片雪白的光亮，照出了到達目的地去的方向。所以看起來一切還須命運來幫忙，人的力量是很有限的。S.說當初他們都不大認識我的，以為不是同她們一類的，現在才知道我，咳，也難怪！我是一個沒有學問的很淺薄的女子，本來我同摩相交自知相去太遠，但是看他那樣的痴心相向，而又受到了初戀的痛苦，我便怎樣也不能再使他失望了。摩，你放心，我永不會叫你失望就是，不管有多少荊棘的路，我一定走向前去找尋我們的幸福，你放心就是！

S.走後，我倒床就哭，自己也不知道何處來的那許多眼淚，我想也許是這一個禮拜實在過得太慢了，太悽慘了，以後的日子不知怎樣才能度過呢？昨天接著摩給娘的信，看得我肝腸寸斷了，那片真誠的心意感動了我，不怕連日車上受的勞頓，在深夜裡還趕著寫信，不是十二分的愛我怎能如此？摩，我真感謝你。在給我的信中雖然沒有多講，可是我都懂得的，愛！你那一個字一個背影我都明白的，我知道你一字一淚，也太費苦心了，其實你多寫也不妨。我昨晚得一夢，早知你要來信，所以我早預備好了，不會叫他看見的。我近日常夢見你，摩，夢見你給我許多梅花，又香，又紅，又甜，醒來後一切都沒有了，可是那時我還閉著眼不敢動，（怕嚇走了甜蜜的夢境），來回的想——想起我們在月下清談的那幾天是多有趣呀！現在呢？遠在千里外叫亦不聽見；要是我們能不受環境的壓迫，攜手同遊歐美，度我們理想的日子，夠多美呢！到今天我有些後悔不該不聽你的話了。

剛才念信時心裡一陣陣的酸，真苦了你了，我的愛，我害你了，使你一個人冷清清的過那孤單旅行的苦，我早知道沒有人照顧你是不行的，你看是不是又招涼了？我真不放心，不知道有甚麼法子可以使得你自己會當心一點冷暖才好，你要知道你在千里外生病，叫我怎能不急得發暈？

今天是禮拜，我偏有不能辭的應酬，非去不可，但是我的心直想得一個機會來靜靜的多寫幾張日記，多寫幾行信，那有餘情來作無謂的應酬？難怪我一晚上鬧了幾個笑話，現在自己想想都是可樂的，「心無二用」這句話真是透極了，一個人只要心裡有了事情，隨便作甚麼事都要錯亂的。

S. 說，男女的愛一旦成熟結為夫婦，就會慢慢的變成怨偶的，夫妻間沒有真愛可言，倒是朋友的愛較能長久。這話我認為對極了，我覺得我們現在精神上的愛情是不會變的，我也希望我們永遠作一個精神上的好朋友，摩，不知你願否？我現在才知道夫妻間沒有真愛情而還須日夜相纏，身體上受的那種苦刑是只能苦在心，不能為外人道的。我今天寫得很舒服，明天恐怕沒有機會了，因為早晨須讀書，飯後隨娘去醫院，下午又要到妹妹家去，晚上又是那法國人請客，許多不能不去做的事情又要纏著一正天，真是苦極了。

三月十九日

你瞧！一下就連著三天不能親近我的日記。十六那天本想去妹妹家的，誰知是三太太的生日，又是不能不去，在她家碰見了寄媽，被她取笑得我淚往裡滾，摩！我害了你了，我是不怕，好在叫人家說慣了，罵我的人，冤枉我的人也不知有多少，我反正不與人爭辯，不過我不願意連你也為我受罵，咳！我真恨，恨天也不憐我，你我已無緣，又何必使我們相見，且相見而又在這個時候，一無辦法的時候？在這情況之下真用得著那句「恨不相逢未嫁時」的詩了。現在叫我進退兩難，丟去你不忍心，接受你又辦不到，怎不叫人活活的恨死！難道這也是所謂天數嗎？

今天是S. 請吃飯，有W H. 等幾個人的清談，倒使我精神一暢呢！回家就接著你由哈爾濱寄來的一首詩，咳！真苦了你了。我知道你是那樣的淒冷，那樣的想念我，而又不能在筆下將一片痴情寄給我，連說話都不能明說，反不如我倒可以將胸中的思念一字一句都寄給你，讓你看了舒服，同時我也會感覺著安慰。因此我就想到你不能說的苦，慢慢的肚子一定要漲破的。不過你等著吧，一有辦法你就可以盡量的發洩你的愛的，我一定要尋一個通信的地址。今晚我無意中說了一句，這個禮拜為甚麼過得這樣慢，W. 他們都笑起來，我叫他們笑得臉紅耳熱，越法的難過了，因為我本來就不好過，叫他們再一取笑，我真要哭出來了.;還是S. 看我可憐救了我的。

三月二十二日

昨天才寫完一信，T. 來了，談了半天。他倒是個很好的朋友，他說他那天在車站看見我的臉嚇一跳，蒼白得好像死去一般，他知道我那時的心一定難過到極點了。他還說外邊謠言極多，有人說我要離婚了，又有人說摩一定是不真愛我，若是真愛絕不肯丟我遠去的。真可笑，外頭人不知道為甚麼都跟我有緣似的，無論男女都愛將我當一個談話的好材料，沒有可說也得想法造點出來說，真奇怪了。T. 也說現在是個很好脫離機會，可是娘呢？咳，我的娘呀！你可害苦了我啦，我一生的幸福恐怕要為你犧牲了！

摩，為你我還是拚命幹一下的好，我要往前走，不管前面有幾多的荊棘，我一定直著脖子走，非到筋疲力盡我絕不回頭的。因為你是真正的認識了我，你不但認識我表面，你還認清了我的內心，我本來老是自恨為甚麼沒有人認識我，為甚麼人家全拿我當一個只會玩只會穿的女子；可是我雖恨，我並不怪人家，本來人們只看外表，誰又能真生一雙妙眼來看透人的內心呢？受著的評論都是自己去換得來的，在這個黑暗的世界有幾個是肯拿真性靈透露出來的？像我自己，還不是一樣成天埋沒了本性以假對人的麼？只有你，摩！第一個人能從一切的假言假笑中看透我的正心，認識我的苦痛，叫我怎能不從此收起以往的假而真正的給你一片真呢！我自從認識了你，我就有改變生活的決心，為你我一定認真的做人了。

因為昨晚一宵苦思，今晨又覺滿身疲痛，不過我快樂，我得著了一個全靜的夜。本來我就最愛清靜的夜，靜悄悄只有我一個人，只有滴達的鐘聲做我的良伴，讓我愛做甚麼就做甚麼，不論坐著，睡著，看書，都是安靜的，再無聊時耽著想想，做不到的事情，得不著的快樂，只要能閉著眼像電影似的一幕幕在眼前飛過也是快樂的，至少也能得著片刻的安慰。昨晚我想你，想你現在一定已經看得見西伯利亞的白雪了，不過你眼前雖有不容易看得到的美景，可是你身旁沒有了陪伴你的我，你一定也跟我現在一般的感覺著寂寞，一般心內叫著痛苦的吧！我從前常聽人言生離死別是人生最難忍受的事情，我老是笑著說人痴情，誰知今天輪到了我身上，才知道人家的話不是虛的，全是從痛苦中得來的實言，我今天才身受著這種說不出叫不明的痛苦，生離已經夠受的了，死別的味兒想必更不堪設想吧。

回家去陪娘去看病，在車中我又探了探她的口氣，我說照這樣的日子再往下過，我怕我的身體上要擔受不起了。她倒反說我自尋煩惱，自找痛苦，好好的日子不過，一天到晚只是去模仿外國小說上的行為，講愛情，說甚麼精神上痛苦不痛苦，那些無味的話有甚麼道理。本來她在四十多年前就生出來了，我才生了廿多年，廿年內的變化與進步是不可計算的，我們的思想當然不能符合了。她們看來夫榮子貴是女子的莫大幸福，個人的喜，樂，哀，怒是不成問題的，所以也難怪她不能明了我的苦楚。本來人在幼年時灌進腦子裡的知識與教育是永不會遷移的，何況是這種封建思想與禮教觀念更不容易使他忘記。所以從前多少女子，為了怕人罵，怕人背後批評，甘願自己犧牲自己的快樂與身體，怨死閨中，要不然就是終身得了不死不活的病，呻吟到死。這一類的可憐女子，我敢說十個裡面有九個是自己明知故犯的，她們可憐，至死還不明白是甚麼害了她們。摩！我今天很運氣能夠遇著你，在我不認識你以前，我的思想，我的觀念，也同她們一樣，我也是一樣的沒有勇氣，一樣的預備就此糊裡糊塗的一天天往下過，不問甚麼快樂甚麼痛苦，就此埋沒了本性過它一輩子完事的；自從見著你，我才像烏雲裡見了青天，我才知道自埋自身是不應該的，做人為甚麼不轟轟烈烈的做一番呢？我願意從此跟你往高處飛，往明處走，永遠再不自暴自棄了。

三月二十八日

一連又是幾天不能親近你了，摩！這日子真有點過不下去了，一天到晚只是忙些無味的酬應，你的訊息又聽不到，你的信也不來，算來你上工了也有十幾天了，也該有信來了，為甚天天拿進來的信我老也見不著你的呢？難道說你真的預備從此不來信了麼？也許朋友們的勸慰是有理的。你應該離開我去海外洗一洗腦子，也許可以洗去我這汙濁的黑影，使你永遠忘記你曾經認識過我。我的投進你的生命中也許是於你不利，也許竟可破壞你的終身的幸福的，我自己也明白，也看得很清，而且我們的愛是不能讓社會明了，是不能叫人們原諒的。所以我不該盼你有信來，臨行時你我不是約好不通信，不來往，大家試一試能不能彼此相忘的麼？在嘴裡說的時候，我的心裡早就起了反對，(不知你心裡如何？) 口內不管怎樣的硬，心裡照樣還是軟綿綿的；那一忽兒的口邊硬在半小時內早就跑遠了，因此不等到家我就變了主意，我信你也許跟我一樣，不過今天不知怎樣有點信不過你了，難道現在你真想實行那句話了麼？難道你才離開我就變了方向了麼？你若能真的從此不理我倒又是一件事了。本來我昨天就想退出了，大概你在第三封信內可以看見我的意思了，你還是去走那比較容易一點的舊路吧，那一條路你本來已經開闢得快成形了，為甚麼又半路中斷去呢？前面又不是絕對沒有希望，你不妨再去走走看，也許可以得到圓滿的結果，我這邊還是滿地的荊棘，就是我二人合力的工作也不知幾時才可以達到目的地呢？其中的情形還要你自己再三想想才好。我很願意你能得著你最初的戀愛，我願意你快樂，因為你的快樂就和我的一樣。我的愛你，並不一定要你回答我，只要你能得到安慰，我心就安慰了，我還是能照樣的愛你，並不一定要你知道的。是的；摩！我心裡亂極了，這時候我眼裡已經沒有了我自己，我心裡只有你的影子，你的身體，我不要想自身的安全，我只想你能因為愛我而得到一些安慰，那我看著也是樂的。

三月二十九日

前天寫得好好的，他又回來了。本來這幾天因為他在天津所以我才得過著幾天清閒的日子，在家裡一個人坐著看看書，寫寫字，再不然想你時就同你筆上談談，雖然只是我一個人自寫自意，得不著一點回音，可是我覺得反比同一個不懂的人談話有趣得多。現在完了，我再也不能得到安慰了。所以昨天我就出去了一正天，吃飯，看戲，反正只要有一個去處，便能將青天快快的變成黑天。怪的倒是你為甚麼還沒有信來？你沒有信來我就更坐立不安了；我的心每天只是無理由的跳，好好的跟人家說著話的時候我也會一陣陣的臉紅心跳，自己也不知道是為了甚麼，這樣下去，我怕要得心臟病了。

四月十二日

好，這一下有十幾天沒有親近你了，吾愛，現在我又可以痛痛快快的來寫了。前些日因為接不著你的信，他又在家，我心裡又煩，就又忘了你的話，每天只是在熱鬧場中去消磨時候，不是東家打牌就是出外跳舞，有時精神萎頓下來也不管，搖一搖頭再往前走，心裡恨不得從此消滅自身，眼前又一陣陣的糊塗起來，你的話，你的勸告也又在耳邊打轉身了。有時娘看得我有些出了神似的就逼著我去看醫生，碰著那位克利老先生又說得我的病非常的沉重，心臟同神經都有了十分的病。因此父母為我又是日夜不安，尤其是伯伯每天跟著我像唸經似的勸，叫我不能再如此自暴自棄，看了老年人著急的情形，我便只能答應吃藥，可笑！藥能治我的病麼？再多吃一點也是沒有用的，心裡的病醫得好麼？一邊吃藥，一邊還是照樣的往外跑，結果身體還是敵不過，沒有幾天就真正病倒在床上了。這一來也就不得不安靜下來，藥也不能不吃了。還好，在這個時候我得著了你的安慰，你一連就來了四封信，他又出了遠門，這兩樣就醫好了我一半的病，這時候我不病也要求病了；因為借了病的名字我好一個人靜靜的睡在床上看信呀！摩！你的信看得我不知道蒙了被哭了幾次，你寫得太好了，太感動我了，今天我才知道世界上的男人並不都是像我所想像那樣的，世界上還有像你這樣純粹的人呢，你為甚麼會這樣的不同的呢？

摩！我現在又後悔叫你走了，我為甚麼那樣的沒有勇氣，為甚麼要顧著別人的閒話而叫你去一個人在冰天雪地裡過那孤單的旅行生活呢？這只能怪我自己太沒有勇氣，現在我恨不能丟去一切飛到你的身伴來陪你。我知道你的苦，摩，眼前再有美景也不會享受的了。咳！我的心簡直痛得連話都說不出來了，這樣的日子等不到你回來就要完的。這幾天接不著你的信已經夠害得我病倒，所以只盼你來信可以稍得安心，誰知來了信卻又更加上幾倍的難受。這一忽幾百支筆也寫不出我心頭的亂，甚麼味兒自己也說不出，只覺得心往上鑽，好像要從喉管裡跳出來似的，床上再也睡不住了，不管滿身熱得多利害，我也再按止不住了，在這深夜裡再不借筆來自己安慰自己，我簡直要發瘋了。摩你再不要告訴我你受了寒的話吧：你不病已經夠我牽掛的了，你若是再一病那我是死定了。我早知道你是不會自己管自己的，所以臨行時我是怎樣叮嚀你的，叫你千萬多穿衣服，不要在車上和衣睡著，你看，走了不久就著冷了。你不知道過西伯利亞時候夠多冷，雖然車裡有熱氣，你只要想薄薄的一層玻璃那能擋得住成年不見化的厚雪的寒氣。你為甚麼又坐著睡著呢？這不是活活急死我麼？受了一點寒還算運氣，若是變了大病怎麼辦？我又不能飛去，所以只能你自己保重啊。

你也不要怨了，一切一切都是命，我現在看得明白極了，強求是無用，還是忍著氣，耐著心等命運的安排吧。也許有那麼一天等天老爺一看見了我們在人間掙扎的苦況，哀憐的叫聲，也許能叫動他的憐恤心給我們相當的安慰，到那時我們才可以吐一口氣了！現在縱然是苦死也是沒有用的，有誰來同情你？有那一個能憐恤你？還不如自認了吧。人要強命爭氣是沒有用的，只要看我們現在一隔就是幾千里，誰叫誰都叫不著，想也是妄然，一個在海外惆悵，一個在閨中呻吟，你看！這不是命運麼？這難道不是老天的安排？這不是他在冥冥中使開他那蒲扇般的大手硬生生的撕開我們麼？柔弱的我們，那能有半點的倔強？不管心裡有多少的冤屈，事實是會有力量使得你服服貼貼的違背著自己的心來做的。這次你問心是否願意離著我遠走的？我知道不是！誰都能知道你是勉強的，不過你看，你不是分明去了麼？我為甚麼不留你？為甚會甘心的讓你聽了人家的話而走呢？為甚麼我們二人沒有決心來挽回一切？我心裡分明口口聲聲的叫你不要走，可是你還不是照樣的走了！你明白不？天意如此，就是你有多大的力量也挽回不轉的。所以我一到愁悶得無法自解的時候，就只好拿這個理由來自騙了。

現在我一個人靜悄悄的獨坐在書桌前，耳邊只聽見街上一聲兩聲的打更聲，院子裡靜得連風吹樹葉的聲音都沒有，甚麼都睡了，為甚麼我放著軟綿綿的床不去睡，別人都一個個正濃濃的做著不同的夢，我一個人倒肯冷清清的呆坐著呢？為誰？怨誰？摩，只怕只有你明白吧！我現在一切怨，恨，哀，痛，都不放在心裡，我只是放心不下你，我閉著眼好像看見你一個人和衣耽在車箱裡，手裡拿了一本書，可是我敢說你是一句也沒有看進去，緺著眉閉著眼的苦想，車聲風聲大的也分不出你我，窗外是黑得一樣也看不出，車裡雖有暗暗的一支小燈，可也照不出甚麼來。在這樣慘淡的情形下，叫你一個人去受，叫我那能不想著就要發瘋？摩！我害了你，事到如今我也明知沒有辦法的了，只好勸你忍著些吧；你快不要獨自惆悵，你快不要讓眼前風光飛過，你還是安心多做點詩多寫點文章吧，想我是勉不了的。我也知道，在我們現在所處的地位，彼此想要強制著不想是不可能的，我自己這些日子何嘗不是想得你神魂顛倒。雖然每天有意去尋事做，想減去想你的成份，結果反做些遭人取笑的舉動使人家更容易看得出我的心有別思，只要將我比你，我就知道你現在的情形是怎樣了。別的話也不用說了，摩，忍著吧！我們現在是眾人的俘虜了，快別亂動，一動就要招人家說笑的，反正我這一面由我盡力來謀自由，一等機會來了我自會跳出來，只要你耐心等著不要有二心。

我今天提筆的時候是滿心雲霧，包圍得我連光亮都不見了，現在寫到這裡，眼前倒像又有了希望，心底裡的彩霞比我臺前的燈光還亮，滿屋子也好像充滿了熱氣使人遍體舒適。摩！快不用惆悵，不必悲傷，我們還不至於無望呢！等著吧！我現在要去尋夢了，我知道夢裡也許更能尋著暫時的安慰，在夢裡你一定沒有去海外，還在我身邊低聲的叮嚀，在頰旁細語溫存。是的，人生本來是夢，在這個夢裡我既然見不著你，我又為甚麼不到那一個夢裡去尋你呢？這一個夢裡做事都有些礙手阻腳的，說話的人太多了，到了那一個夢裡我相信我你一定能自由做我們所要做的事，決沒有旁人來誨謗，再沒有父母來干涉了！摩，要是我們能在那一個夢裡尋得著我們的樂土，真能夠做我們理想的伴侶，永遠的不分離，不也是一樣的麼？我們何不就永遠住在那裡呢？咳！不要把這種廢話再說下去了，天不等我，已經快亮了，要是有人看見我這樣的呆坐著寫到天明，不又要被人大驚小怪嗎？不寫了，說了許多廢話有甚麼用處呢？你還是你，還是遠在天邊，我還是我，一個人坐在房裡，我看還是早早的去睡吧！

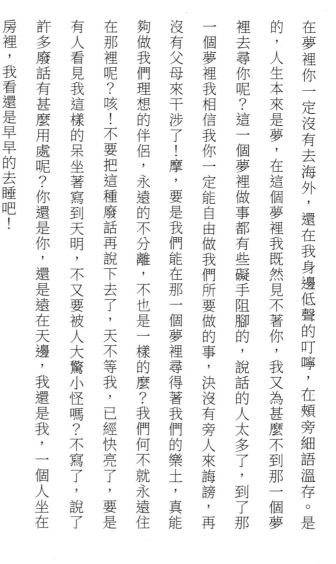

四月十五日

病一好就成天往外跑，也不知那兒來的許多事情，躲也躲不遠，藏也沒有地方藏，每天像囚犯似的被人監視著，非去不可，也不管你心裡是甚麼味兒。更加一個娘，到處都要我陪著去；做女兒的這一點責任又好像無可再避，只得成天拿一個身體去酬應她們，不過心裡的難過是沒有人可以知道的了。害得我一連幾天不能來親近你，我的愛，這種日子也真虧我受得了！今天又和母親大鬧，我就問她「一個人做人還是自己做呢還是為著別人做的？」我覺得一個人只要自己對得住自己就成了，管別人的話是管不了許多的。這許多人你順了這個做，那個也許不滿意，聽了那一個的話又違背了這一個，結果是永遠不會全滿意的。為了要博取人家一句讚美的話而犧牲了自己的幸福，我看這種人多得很呢；我不願再去把自己犧牲了，我還是管了我自己的好，摩，你說對麼？

真的，今天還有一件事使我難受到極點：今天我同娘爭論了半天，她就說「我忘了告訴你一件事，你先慢慢的走我還有話呢，」說著她就從床前抽屜裡拿出一封信往我面前一擲，我一看，原來是你的筆跡。我倒呆了半天，不知你寫的甚麼，心裡不由得就跳蕩起來了，我拿著一口氣往下看，看得我眼裡的淚珠遮住了我的視線，一個字一個字都像被濃霧裹著似的，再也看不下去了。

摩！我的愛，你用心太苦了，你為我太想得周密了，你那一片清脆得像稚兒的真誠的呼喚聲，打動了我這汙濁的心胸，使我立刻覺得我自身的庸俗。你的信中那一句話不是從心底里回轉幾遍才說出來的，那一字不是隱唸著我的？你為我，咳！你為我太苦了，摩！你以為你婉轉勸導一定能打動她的心，多少給我們一條路走走，那知道你明珠似的話好似跌入了沒底的深海，一點光輝都不讓你發，你可憐的求告又何嘗打得動她像滑石一般硬的心呢！一切不是都白費了麼？到這種情況之下你叫我不想死還去想甚麼呢？不死也要瘋了，我再不能掙扎下去了，我想非去西山靜兩天不可了。只能暫時放下了你再講，我也不管他們許不許，站起來就走，好在這不是跟人跑，同去的都是長輩親友，他們再也說不出別樣新鮮話了。只是一件，你要有幾天接不到我的信呢。

四月十八日

那天寫著寫著他就回來了，一連幾天亂得一點空閒也沒有，本想跑到西山養病，誰知又改了期，下星期一定去得成了。事情是一天比一天複雜，他又有到上海去做事的消息，這次來進行的，若是事情辦成，我又不知道要發配到何處呢？摩！看起來我們是凶多吉少。怎辦？我的身體又成天叫他們纏著，每次接著你的信，雖然片刻的安慰是有的，不過看著你一個人在那裡呻吟痛苦，更使我心碎。我以前見著人家寫心碎這兩個字，我老以為是說得過分；一個人心若是碎了人不是也要死了麼？誰知道天下的成句是無有不從經驗中得來的，我現在真的會覺著心碎了。一到心裡沉悶得無法解說時，我就會感得心內一陣陣的痛，痛得好似心在那兒一塊一塊撕下來，還同時覺得往下墜，那一種味兒我敢說世界上沒有幾個人能享受得到，摩！我也可算得不冤枉了，甚麼味兒我都嘗著過了，所謂人生，我也明白了。要是沒有你，我真可以死了。

這兩天我連娘的面都不敢見了，暫且躲過兩天再說，我只想寫信叫你回來，寫了幾次都沒有勇氣寄！其實你走了也不過一個多月，可是好像有幾年似的，而且心裡老有一種感想，好像今生再見不著你了。這是一種壞現象，我知道。我心裡總是一陣陣的怕，怕甚麼我也不知道，只覺著我身邊自從沒有了你就好似沒有了靈魂一樣。我只怕沒有了你的鞭督，我要隨著環境往下流，沒有自拔的勇氣，又怕懦弱的我容易受人家的支配，眼前一切都亂得像一蓬亂發無從理起，就是我的心也亂得坐臥不寧，我知道一定又要有不幸的事情發生了，他又成天的在家，我簡直連寫日記的功夫都沒有了。

四月廿日

昨天在酒筵前聽到說你的小兒子死了。聽了嚇一跳，不幸的事為甚麼老接連著纏擾到我們身上來？為甚麼別人的消息到比我快，你因何信中一字不提！不知你們見著最後的一面沒有？我知道你很喜歡這個小的孩子，這一下又要害你難受幾天。但願你自己保重，摩！我這幾日大不好，寫信也不敢告訴你，怕你為我擔憂，看起來我的身體要支撐不住了，每天只是無故的一陣陣心跳，自你走後我常無端的就耳熱心跳。起頭我還以為是想著你才有這現象，現在不好了，每天要來幾回了。恐怕大病就在這眼前了，若是不立刻離開這環境簡直一兩天內就要倒下來了。

四月二十四日

現在我要暫時與你告別，我的愛！我決定去大覺寺休養兩禮拜了，在那兒一定沒有機會寫的，雖然我是不忍片刻離開你的，可是要是不走又要生出事來了，只好等你回來再細細的講給你聽吧！現在我拿你暫時鎖起來！愛！讓你獨自悶在一方小屋子裡受些孤單！好不？你知道！要是不將你鎖起，一定有賊來偷你！一定要有人來偷看你！我怕你給別人看了去，又怕偷了去，只好請你受點悶氣了，不要怨我，恨我！

五月十一日

這一回去得真不冤，說不盡的好，等我一件件的來告訴你。我們這幾天雖然沒有親近，可是沒有一天我不想你的，在山中每天晚上想寫，只可恨沒有將你帶去，其實帶去也不妨，她們都是老早上了床，只有我一個睡不著呆坐著，若是帶了你去不是我可以照樣每天親近你嗎？我的日記呀，今天我拿起你來心裡不知有多少歡喜，恨不能將我要說的話像機器似的倒出來，急得我反不知從哪裡說起了。

那天我們一群人到了西山腳下改坐轎子上大覺寺，一連十幾個轎子一條蛇似的游著上去，山路很難走，坐在轎上滾來滾去像坐在海船上遇著大風一樣的搖擺，我是平身第一次坐，差一點拿我滾了出來。走了三里多路快到寺前，只見一片片的白山，白得好像才下過雪一般，山石樹木一樣都看不清，從山腳一直到山頂滿都是白，我心裡奇怪極了。這分明是暖和的春天，身上還穿著袷衣，微風一陣陣吹著入夏的暖氣，為甚麼眼前會有雪山湧出呢？打不破這個疑團我只得回頭問那抬轎的轎伕，「噲！你們這兒山上的雪，怎麼到現在還不化呢？」那轎伕跑得面頭流著汗，聽了我的話他們也好像奇怪似的一面擦汗一面問我「大姑娘，您說甚麼？今年的冬天比那年都熱，山上壓根兒就沒有下過雪，您那兒瞧見有雪呀？」他們一邊說著便四下裡去亂尋，臉上都現出了驚奇的樣子。那時我真急了，不由的就叫著說「你們看那邊滿山雪白的不是雪是甚麼？」我話還沒有說完，他們倒都狂笑起來了。「真是城裡姑娘不出門！連杏花兒都不認識，倒說是雪，您想五六月裡那兒來的雪呢？」甚麼？杏花兒！我簡直叫他們給笑呆了。顧不得他們笑，我只樂得恨不能跳出轎子一口氣跑上山去看一個明白。天下真有這種奇景麼？樂極了也忘記我的身子是坐在轎子裡呢，伸長脖子直往前看，急得抬轎的人叫起來了，「姑娘，快不要動呀，轎子要翻了，」一連幾恍，幾乎把我拋入小澗去。這一下才嚇回了我的魂，只好老老實實的坐著再也不敢亂動了。

上山也沒有路，大家只是一腳腳的從這塊石頭跳到那一塊石頭上，不要說轎伕不敢斜一斜眼睛，就是我們坐的人都連氣都不敢喘，兩支手使勁拉著轎槓兒，兩個眼死盯著轎伕的兩支腳，只怕他們一失腳滑下山澗去。那時候大家只顧著自己性命的出入，眼前不易得的美景連斜都不去斜一眼了。

走過一個石山頂才到了平地，一條又小又灣的路帶著我們走進大覺寺的山腳下。兩旁全是杏樹林，一直到山頂，除了一條羊腸小路只容得一個人行走以外，簡直滿都是樹。這時候正是五月裡杏花盛開的時候，所以遠看去簡直像是一座雪山，走近來才看出一朵朵的花，墜得樹枝都看不出了。

我們在樹蔭裡慢慢的往上走，鼻子裡微風吹來陣陣的花香，別有一種說不出的甜味。摩，我再也想不到人間還有這樣美的地方，恐怕神仙住的地方也不過如此了。我那時樂得連路都不會走了，左一轉右一轉；四圍不見別的，只是花。回頭看見跟在後面的人，慢慢在那兒往上走，好像都在夢裡似的，我自己也覺得我已經不是一個人了。這樣的所在簡直不配我們這樣的濁物來，你看那一片雪白的花，白得一塵不染，那有半點人間的汙氣？我一口氣跑上了山頂，站上了一塊最高的石峰，定一定神往下一看，呀，摩！你知道我看見了甚麼？咳，只恨我這支筆沒有力量來描寫那時我眼底所見的奇景！真美！從上往下斜著下去只看見一片白，對面山坡上照過來的斜陽，更使它無限的鮮麗，那時我恨不能將我的全身滾下去，到花間去打一個滾，可是又恐怕我壓壞了粉嫩的花瓣兒。在山腳下又看見一片碧綠的草，幾間茅屋，三兩聲狗吠聲，一個田家的景象，滿都現在我的眼前，蕩漾著無限的溫柔。這一忽兒我忘記了自己，丟掉了一切的煩惱，喘著一口大氣，拚命的想將那鮮甜味兒吸進我的身體，洗去我五臟內的濁氣，從新變一個人，我願意丟棄一切，永遠躲在這個地方，不要再去塵世間見人。真是，摩，那時我連你都忘了，一個人呆在那兒不是他們叫我我還不醒呢！

一天的勞乏，到了晚上，大家都睡得正濃，我因為想著你不能安睡，窗外的明月又在紗窗上映著逗我，便一個就走到了院子裡去，只見一片白色，照得梧桐樹的葉子在地下來回的飄動。這時候我也不怕朝露裡受寒，也不管夜風吹得身上發抖，一直跑出了廟門，一群小雀兒讓我嚇得一起就向林子裡飛，我睜開眼睛一看，原來廟前就是一大片杏樹林子。這時候我鼻子裡聞著一陣芳香，不像玫瑰，不像白蘭，只薰得我好像酒醉一般。慢慢的我不覺耽了下來，一條腿軟得站都站不住了。暈沉沉的耳邊送過來清呖呖的夜鶯聲，好似唱著歌，在嘲笑我孤單的形影；醉人的花香，輕含著鮮潔的清氣，又陣陣的送進我的鼻管。忽隱忽現的月華，在雲隙裡探出頭來從雪白的花瓣裡偷看著我，也好像笑我為甚麼不帶著愛人來。這惱人的春色，更引起我想你的真摯，逗得我陣陣心酸，不由得就睡在蔓草上閉著眼輕輕的叫著你的名字（你聽見沒有？）。我似夢非夢的睡了也不知有多久，心裡只是想著你——忽然好像聽得你那活潑的笑聲，像珠子似的在我耳邊滾「曼，我來，」又覺得你那偉大的手，緊握著我的手往嘴邊送，又好像你那頑皮的笑臉，偷偷的偎到我的頰邊搶了一個吻去。這一下我嚇得連氣都不敢喘，難道你真回來了麼？急急的睜眼一看，那有你半點影子？身旁一無所有，再低頭一看，原來才發見我自己的右手不知道在甚麼時候握住了我的左手，身上多了幾朵落花，花瓣兒飄在我的頰邊好似你來偷吻似的。真可笑！迷夢的幻影竟當了真！自己便不覺無味得很，站起來，只好把花枝兒洩氣，用力一拉，花瓣兒紛紛落地，打得我一身；林內的宿鳥以為起了狂風，一聲叫就往四外裡亂飛。一個美麗的寧靜的月夜叫我一陣無味的惱怒給破壞了。我心裡也再不要看眼前的美景，一邊走一邊想著你，為甚麼不留下你，為甚麼讓你走。

六月十四日

回來了不過三天，氣倒又受了一肚子。你的信我都見著了，不要說你過的是甚麼日子，我又何嘗是過的人的日子？兩個人在兩地受罪，為的是甚麼？想起來真惱人，這次山中去了幾天，再受著無限的傷感，在城裡每天沉醉在遊戲場中，戲園裡，同跳舞場裡，倒還能暫時忘記自己，隨著歌聲舞影去附和；這次在清靜的山中讓自然的情景一薰，反激起我心頭的悲恨，更引動我念你的深切。我知道你也是一般的痛苦，我想信你一個人也是獨樂不了，這何苦，摩！你還是回來吧。

事情看起來又要變化了，這幾天他又走了，聽說這次上海事情若是成功，就要將家搬去，我現在只是每天在祝禱著不要如了他們的願，不知道天能可憐我們不？在山中我探了一探親友們的口氣，還好！她們大半都同情於我的，卻叫我做事情不要顧前顧後，要做就做，前後一顧倒將膽子給嚇小了，這話是不錯的，不過別人只會說，要是犯到自己身上，也是一樣的沒有主意。現在我倒不想別的，只想躲開這城市。

這一番山中的生活更打動了我的心，摩！我想到萬不得已時我們還是躲到山裡去吧！我這次看見好幾處美麗的莊園，都是花二三千塊錢買一座杏花山，滿都是杏花，每年結的杏子，賣到城裡就可以度日，山腳下造幾間平屋，竹籬柴門，再種下幾樣四季吃的素菜，每天在陽光裡栽栽花種種草，再不然養幾個鳥玩玩，這樣的日子比做仙人都美。

這次我們坐著轎出去玩的時候，走過好幾處這樣的人家，有的還請我吃飯呢，他們也不完全是鄉下人，雖然他們不肯告訴我們名姓，我們也看得出是那些隱居的人；若是將他們的背景一看，也難說不是跟我們一樣的。我真羨慕他們，我眼看他們誠實的笑臉，同那些不欺人的言語，使我更感覺到自己的渺小。摩！我看世間純潔的心，只有山中還有一兩顆？

我知道局面又要有轉變，但不知轉出怎樣的面目來。為了心神的不安定，我更是坐立不安，不知道做甚麼才好，要想打電報去叫你回來，卻又不敢，不叫又沒有主意。摩！這日子真不如死去！我也曾同朋友們商量過，他們勸我要做就不可失去這個機會，不如痛痛快快的告訴了他們，求他們的同意，等他們不答應時，我們再想對付的辦法；若是再低頭跟他們走，那就再沒有出頭日子了。摩！這時候我真沒有主意了，這個問題一天到晚的在我腦中轉，也絕不定一個辦法。你又不在，一封信來回就要幾十天；不要說幾十天，就是幾天都說不定出甚麼變化呢！睡也睡不著；白天又要去應酬，所以精神覺得乏極，你看吧！大病快來了。

六月十九日

這幾日無日不是浸在愁雲中，看情形是一天不對一天了，我們家裡除了爸爸之外，其餘都是喜氣沖沖，尤其是娘，臉上都飾了金，成天的笑。

看起來我以後的日子是沒有法子過的了，在這個圈子裡是沒有我的位置的，就是有也坐不住的。摩！你還不回來，我怕你沒有機會再見我了，我的心臟都要裂了，我實在沒有法子自己安慰自己，也沒有勇氣去同她們爭言語的短長了。今天和他大鬧了一回，回進房裡倒在床上就哭，摩！我為甚麼要受人的奚落！叫人家看著倒像我做了愧心事似的！這種日子我再也忍受不下了。

六月廿一日

好！這一下快一個月沒有寫了。昨天才回來的，摩，你一定也急死了，這許久沒有接著我的信。自從同他鬧過我就氣病了，一件不如意，件件不如意，不然還許不至於病倒，實在是可氣的事太多了，心裡收藏不下便只好爆發。那天鬧過的第三天又為了人家無緣無故的把意外的事情鬧到我頭上來，我當場就在飯店裡病倒，暈迷得人事不知，也不知甚麼時候他們把我抬了回來，等我張開眼，已經睡在自己床上了。我只覺得心跳得好像要跑出喉管，身體又熱得好像浸在火裡一般，眼前只看見許多人圍在床邊叫我不要急，已經去請醫生了。到三點多鐘B才將醫生打仗似的從床上拉了起來，立刻就打了兩針，吃了一點藥。這個老外國克利醫生本是最喜歡我的，見我病了他更是盡心的看；坐在床邊拉著我的手數脈跳的數目，屋子裡的人卻是滿面愁容連大氣都不敢出，我看大家的樣子，也明白我病的不輕。等了二十幾分鐘我心跳還不停，氣更喘得透不過來，話也一句說不出，只看見W，B同醫生輕輕的走出外邊唧唧的細語，也不知道說些甚麼。一忽兒W輕輕的走到床邊在我耳旁細聲的說，「要不要打電報叫摩回來？」我雖然神志有些昏迷，可是這句話我聽得分外清楚的。我知道病一定是十分凶險，心裡倒也慌起來了，「是不是我要死了？」他看我發急的樣子，又怕我害怕，立刻和緩著臉笑迷迷的說「不是，病是不要緊，我怕你想他所以問你一聲。」我心裡雖是十二分願意你立刻飛回我的身旁，可是懦弱的我又不敢直接的說出口來，只好含著一包熱淚對他輕輕的搖了一搖頭。

醫生看我心跳不停也只好等到天亮將我送進醫院，打血管針，照X光，用了種種法子才將我心跳止住。這一下就連著跳了一日一夜，跳得我睡在床上軟得連手都抬不起來；到了第三天我才知道W已經瞞著我同你打了電報，不見你的回電，我還不知道呢！

自從接著你的電報我就急得要命，自己又沒有力氣寫信，看你又急得那樣子，又怕你不顧一切的跑了回來；只好求W給你去信將病情騙過，安了你的心再說。頭幾天我只是心裡害怕，他們又不肯對我實說，我只怕就此見不著你，想叫你回來，一算日子又怕等你到，我病已經好了，反叫人笑話。到第四天，醫生坐在床上跟我說許多安慰的話，他說，你若是再胡思亂想不將心放開，心跳不能停，再接連的跳一日一夜就要沒有命了；醫生再有天大的能力也挽不回來了。天下的事全憑人力去謀的，你若先失卻了性命，你就自己先失敗。聽了他這一遍話我才真正的丟開一切，甚麼也不想；只是靜靜的休養，一個人住了一間很清靜的病房，白天有W同B等來陪我說笑，晚上睡得很早，一個星期後才見往好裡走。

在院裡除了想你外，別的都很好；這次病中多虧W同B的好意，你回來必須好好的謝謝他們呢！這時候我又回到了自己家裡。他是早就在我病的第二天動身赴滬了，官要緊，我的病是本來無所謂的。走了倒好，使我一心一意的靜養，總算過著二十天清閒日子，不過一個人靜悄悄的睡在床上更是想你不完。你的信雖然給我不少安慰，可也更加我的惆悵。現在出了院問題就來了，今天還是初次動筆，不能多寫，明後天才說吧。

六月二十六日

今天又接著你的電報！真是要命的！我知道你從此不會安心的了，其實你也不必多憂，我已經好多了，回家後只跳了五天，時間並不常，不久一定要復原的。真急死我了，路又遠，信的來回又日子長；打電報又貴，你叫我怎樣安慰你呢？看著你乾著急我心裡也是難過，想要叫你回來又怕人笑，雖然半年的期限已經過了一半，以後的三個月恐怕更要比以前的難過。目前我是一切都拿病來推，娘哪裡也不敢多去，更不敢多講，見面只是說我身體上種種的病，所以她們還沒有開口叫我南去呢，這暫時的躲避是沒有用的；我自己也很平白，不過想來想去也想不出個良善的法子來對付，真是過了一天算一天，你我的前程真不知是怎樣一個了局呢？

六月二十八日

因為沒有力氣所以耽在床上看完一本《The Painted Veil》看得我心酸到萬分；雖然我知道我也許不會像書裡的女人那樣慘的。書中的主角是為了愛，從千辛萬苦中奮鬥，才達到了目的；可是歡聚了沒有多少日子男的就死了，留下她孤單單的跟著老父苦度殘年。摩！你想人間真有那樣殘忍的事麼？我不知道為甚麼要為故人擔憂，平空哭了半天，哭得我至今心裡還是一陣陣的隱隱作痛呢！想起你更叫我發抖，但願不幸的事不要尋到我們頭上來。只可恨將來的將來，不能讓我預先知道，你我若是有不幸的事臨頭，還不如現在大家一死了事的好。

我正在傷心的時候又接到你三封信，看了使我哭笑不能。摩，我知道你是沒有一分鐘不在那兒需要我，我也知道你隨時隨地的在那兒叫著我的名字，愛！你知道我的身體雖然遠在此地，我的靈魂還不是成天環繞在你的身旁；你一舉一動我雖不能親眼看見，可是我的內心甚麼都感覺得到的。

今天在外邊吃飯！同桌的人無意（也許是有意）說了一句話，使我好像一下從十八層樓上跌了下來。原來他有一個朋友新從巴黎回來，看見你成天在那裡跳舞，並且還有一個胖女人同住。不管是真是假，在我聽得的時候怎能不吃驚！況且在座的朋友們，都是知道你我交情很深，說著話的時候當然都對發我笑，好像笑我為甚麼不識人！那時我雖然裝著快樂的樣子，混在裡面有說有笑，其實我心裡的痛苦真好比刀刺還利害；恨不能立刻飛去看看真假。雖然我敢相信你不會那樣做，不過人家也是親眼看見的，這種話豈能隨便亂說呢？這一下真叫我冷了半截，我還希望甚麼？我還等甚麼？我還有甚麼出頭的日子？你看你寫的那一封封的信，不是滿含至誠的愛？那一封不是千斛的想思？那一字，那一語不感動得我熱淚直流，百般的愧恨？現在我才明白一切都是幻影，一切都是假的。咳，我不要說了，我不忍說了，我心已碎，萬事完了，完了，一切完了。

七月十六日

為了一時的氣憤平空丟了好些日子，也無心於此了。其實今天回過來一想，你一定不會如此的；雖然心裡恨你，可是沒有用，照樣日夜的想你。前天實在忍受不住了，打了一個電報叫你回來，發出了電報又後悔，反正心裡左也不是右也不是，白日雖跟著他們遊玩，一到夜靜，甚麼都又回到腦子裡來了。

今天我的動筆是與你告別了，摩！你知道事情出了大變化——這變化本來是在我預料中的，我也早知道要這樣結果的，我自問我的力量是太薄弱，沒有勇氣，所以只好希望你回來幫助我，或許能挽回一切。你知道，前天我還沒有起床就叫家裡來的人拉了回去；進門就看見一家人團團圍坐在一個屋子裡，好像議論甚麼國家大事似的；有的還正拿著一封信來回的看，有的聚在一起細聲的談論。看了這樣嚴重的情形，倒嚇我一跳，以為又是你來了甚麼信，使得他們大家紛紛議論呢。見我進去，娘就在母舅手裡搶過信來擲在我身上一邊還說，「你自己去看吧！倒是怎麼辦？快決定！」我拿起來一看才知道是他來的信。一封愛的美敦書，下令叫娘即刻送我到南方去，這次再不肯去就永遠不要我去了。口吻非常嚴厲，好像長官給下屬的命令一般，好大的口氣。我一邊看一邊心裡打算怎樣對付；雖然我四面都像是滿布著埋伏，不容我有絲毫的反響，可是我心裡始終不願意就此屈服，所以我看完了信便冷冷的說「我道甚麼大事！原來是這一點小事！這有甚麼為難之處呢？我願意去就去，我不願去難道能搶我去麼？」娘聽了這話立刻變了臉說「那有這樣容易，嫁雞隨雞嫁狗隨狗，這是古話；不去算甚麼？」我那時也無心同她們爭論，我只是心裡算著你回來的日子，要是你接著電報就走，再有廿天也可以到了，無論如何這幾天的功夫總可以設法遲延的，只是眼前先要拖得下才成。所以當時我決定不鬧，老是敷衍他們，誰知她們更比我聰明，我心裡的意思他們好似看得見一般，簡直得連這一點都不允許你；非逼著我答應在這一個星期中動身不可，這一來可真惱恨了我，連氣帶急，將我的老毛病給請了回來。當時心跳得就暈了過去，到靈魂兒轉回來時，一屋子的人都已靜悄悄的不敢再爭著講話了。我回到家中，甚麼都不想要了，我覺得眼前一切都完了，希望也沒有了，我這裡又是處於這種環境之下，你那裡，要是別人帶來的消息是真的話，我不是更沒有所望了麼？看起來我是一定要叫她們逼走的，也許連最後的一面都要見不著你，我還求甚麼？不過我明天還要去同她們做一個最後的爭論，就是要我走，也非容我見著你永訣了再走不可。咳，摩，這時候你能飛來多好！你叫我一個人怎辦？說又沒有地方去說，只有W還能相商，不過他又是主張決裂的，強霸的。我又有點不敢。天呀！你難道不能給我一點辦法麼？我難道連這點幸福都不能享得麼？

七月十七日

昨晚苦思一宵，今晨決定去爭鬧，無論甚麼來都不怕，非達到目的不可，誰知道結果還是一樣，現在又只剩我一個人大敗而回。這一回是真絕望定了，我的力量也窮了。

我走去的時候是勇氣百倍，預備拿性命來碰的，所以進內就對他們說，要是他們一定要逼我去的話，我立刻就死，反正去也是死，不過也許可以慢點；那何不痛快點現在就死了呢？這話她們聽了一點也不怕，也不屈服，他們反說「好的，要死大家一同死！」好，這一下倒使我無以下臺。真死，更沒有見你的機會，不死就要受罪，不過我心裡是痛苦到萬分，既然講不明白我就站起來想走了。她們見我真下了決心倒又叫了我回去；改用軟的法子來騙我，種種的解說，結果是二老對我雙淚俱流的苦苦哀求。咳！可憐的她們！

在她們眼光下離婚是家庭中最羞慚的事，兒女做了這種事，父母就沒有臉見人了，母親說只要我允許再給他一個機會，要是這次前去他再待我不好，再無理取鬧，自有她們出面與我離，絕不食言，不過這次無論如何再聽她們一次。直說得太陽落了山，眼淚溼了幾條手帕，我才真叫她們給軟化了。父母倒底是生養我的，又是上了年紀；生了我這樣的女兒已經不能隨他們心，不能順他們的志願，豈能再害他們為我而死呢？所以我細細的一想，還是犧牲了自己吧！我們反正年青，只要你我始終相愛，不怕將來沒有機會。只是太苦了，話是容易講的，只怕實行起來不知要痛苦到如何程度呢？我又是一身的病，有希望的日子也許還能多活幾年，要是像現在的歲月，只怕過不了幾個月就要萎頹下來了。

摩！我今天與你永訣了，我開始寫這本日記的時候本預備從暗室走到光明，憂愁裡變出歡樂，一直的往前走，永遠的寫下去，將來若是到了你我的天下時，我們還可以合寫你我的快樂，到頭髮白了拿出來看，當故事講，多美滿的理想！現在完了，一切全完了，我的前程又叫烏雲蓋住了，黑暗暗的又不見一點星光。

摩！唯一的希望是盼你能在二星期中飛到，你我作一個最後的永訣。以前的一切，一個短時間的快樂，只好算是一場春夢，一個幻影，沒有留下一點痕跡，可以使人們紀念的，只能閉著眼想想，就是我唯一的安慰了。從此我不知道要變成甚麼呢？也許我自己暗殺了自己的靈魂，讓軀體隨著環境去轉，甚麼來都可以忍受，也許到不得已時我就丟開一切，一個人跑入深山，甚麼都不要看見，也不要想，同沒有靈性的樹木山石去為伍，跟不會說話的鳥獸去做伴侶，忘卻我自己是一個人，忘卻世間有人生，忘卻一切的一切。

摩！我的愛！到今天我還說甚麼？我現在反覺得是天害了我，為甚麼天公造出了你又造出了我？為甚麼又使我們認識而不能使我們結合？為甚麼你平白的來踏進我的生命圈裡？為甚麼你提醒了我？為甚麼你來教會了我愛！愛，這個字本來是我不認識的，我是模糊的，我不知道愛也不知道苦，現在愛也明白了，苦也嘗夠了；再回到模糊的路上去倒是不可能了，你叫我怎辦？

我這時候的心真是碎得一片片的往下落呢！落一片痛一陣，痛得我連筆都快拿不住了，我好怨！我怨命，我不怨別人。自從有了知覺我沒有得到過片刻的快樂，這幾年來一直是憂憂悶悶的過日子，只有自從你我相識後，你教會了我甚麼叫愛情，從那愛裡我才享受了片刻的快樂——一種又甜又酸的味兒，說不出的安慰！可惜現在連那片刻的幸福都也沒福再享受了。好了，一切不談了，我今後也不再寫甚麼日記，也不再提筆了。

現在還有一線的希望！就是盼你回來再見一面，我要拿我幾個月來所藏著的話全盤的倒了出來，再加一顆滿含著愛的鮮紅的心，送給你讓你安排，我只要一個沒有靈魂的身體讓環境去踐踏，讓命運去支配。

你我的一段情緣，只好到此為止了，此後我的行止你也不要問，也不要打聽，你只要記住那隨著別人走的是一個沒有靈魂的人。我的靈魂還是跟著你的，你也不要灰心，不要罵我無情，你只來回的拿我的處境想一想，你就一定會同情我的，你也一定可以想像我現在心頭的苦也許更比你重三分呢！

要是我們來不及見面的話，苦也不要怨我，不是我忍心走，也不是我要走，我只是已經將身體許給了父母！我一切都犧牲了，我留給你的是這本破書，雖然寫得不像話，可是字字是從我熱血裡滾出來的，句句是從心底裡轉了幾轉才流出來的，尤其是最後這兩天！那一字，那一句不是用熱淚寫的？幾次的寫得我連字都看不清，連筆都拿不動，只是伏在桌上喘。我心裡的痛也不用多說，我也不願意多說，我一直是個硬漢，甚麼來都不怕，我平時最不愛哭，最恨流淚，可是現在一切都忍受不住了。

摩，我要停筆了，我不能再寫下去了；雖然我恨不得永遠的寫下去，因為我一拿筆就好像有你在邊兒上似的，永遠的寫就好像永遠與你相近一般，可是現在連這唯一的安慰都要離開我了。此後「安慰」二字是永遠不再會跑上我的身了，我只有極力的加速往前跑；走最近的路——最快的路——往老家走吧，我覺得一個人要毀滅自己是極容易辦得到的。我本來早存此念的：一直到見著你才放棄。現在又回到從前一般的境地去了。

此後我希望你不要再留戀於我，你是一個有希望的人，你的前途比我光明得多，快不要因我而毀壞你的前途，我是沒有甚麼可惜的，像我這樣的人，世間不知要多少，你快不要傷心，我走了，暫時與你告別，只要有緣也許將來會有重見天日的一天，只是現在我是無力問聞。我只能忍痛的走——走到天涯地角去了，不過——你不要難受，只要記住，走的不是我，我還是日夜的在你心邊呢！我只走一個人，一顆熱騰騰的心還留在此地等——等著你回來將它帶去呢！

（完）

官網

國家圖書館出版品預行編目資料

愛眉小札：那階前不卷的重簾，掩護著銷魂的歡戀 / 徐志摩 著 . -- 第一版 . -- 臺北市：崧燁文化事業有限公司, 2023.05
面； 公分
POD 版
ISBN 978-626-357-311-6(平裝)
848.4 112005381

愛眉小札：那階前不卷的重簾，掩護著銷魂的歡戀

臉書

作　　者：徐志摩
發 行 人：黃振庭
出 版 者：崧燁文化事業有限公司
發 行 者：崧燁文化事業有限公司
E-mail：sonbookservice@gmail.com
粉 絲 頁：https://www.facebook.com/sonbookss/
網　　址：https://sonbook.net/
地　　址：台北市中正區重慶南路一段六十一號八樓 815 室
Rm. 815, 8F., No.61, Sec. 1, Chongqing S. Rd., Zhongzheng Dist., Taipei City 100, Taiwan
電　　話：(02)2370-3310　　**傳　　真**：(02) 2388-1990
印　　刷：京峯彩色印刷有限公司（京峰數位）
律師顧問：廣華律師事務所 張珮琦律師

定　　價：250 元
發行日期：2023 年 05 月第一版
◎本書以 POD 印製